ベリーズ文庫

お久しぶりの旦那様、この契約婚を終わらせましょう

彼方紗夜

STARTS
スターツ出版株式会社

目次

お久しぶりの旦那様、
この契約婚を終わらせましょう

プロローグ

男の顔をした嶺《れい》さんが、私の耳元に骨張った手を添える。

日々、間近で見ている涼《すず》しげな社長の顔とは違う。もっと甘やかで切実な……焦《こ》がれるような目。

——ほしい、と告げられているかのよう。

部屋の空気が濃《こま》やかに立ち上って、鼓動が乱れだす。

なのに、端整な輪郭《りんかく》を描く嶺さんの顔から目を逸《そ》らせない。

「知沙《ちさ》……」

艶《つや》めいた低音が耳を撫《な》で、全身を微弱な電流が走る。ぞくぞくと肌が粟立《あわだ》ってよろめくと、とん、と背中が壁についた。

すぐさま軽く食《は》むようなキスに捕らえられて、は、と短い吐息が漏れる。嶺さんのぬくもりが、私を侵食《しんしょく》していく。

一度離れた唇は、間を置かずにふたたび私の唇を追ってくる。

重ね合わさると、今度は深く求められた。

たまらず嶺さんの腕を掴《つか》んだ。

頭がくらくらして、なにも考えられなくなる。息が浅い。

嶺さんの硬い指先が、明確な意図を持って私の首筋を這《は》う。

「んっ……」

膝《ひざ》の力が抜けてその場にへたりこみそうになると、とっさに腰を支えられた。

ほとんど嶺さんに抱き止められる形で体重を預けながら、私はまだぼうっとした頭で嶺さんを見つめる。

嶺さんがかすかに眉を寄せる。いっそ苦しそうに。

「君を好きで、どうしようもないところまで来てしまった」

離婚を申し出たのは私だったのに。

どうしようもないところまで来てしまったのは、私もおなじ――。

一章　三年ぶりの夫

ヒールが十センチはあるパンプスの足音に気付いて顔を上げると、ガラス張りの社長室の外から先輩秘書である笠原《かさはら》さんが顔を覗《のぞ》かせていた。

「そろそろ入社式が終わるころじゃない？　知沙ちゃん、新社長お迎えの準備はどう……って訊くまでもなく整頓《せいとん》されてたか。あら、この資料まで用意してくれたの？」

社長の机まで来た笠原さんは、ネイルが丁寧に塗られた手でゆるくパーマのかかった茶色の豊かなロングヘアを耳にかけ、机上の資料を取りあげた。ふわっといい匂いが立ち上《のぼ》る。

私より二歳年上の笠原さんは、身長百七十センチのモデル体型。きゅっと上がった目尻が特徴的な、華のある美女だ。しかも出るとこはしっかり出た、肉感的なスタイルの持ち主。

二十五歳の私にとっては、秘書グループの頼れる姉的存在でもある。

「前回の経営企画会議で前社長が『置き土産』だとおっしゃったので、新社長のお耳にも入ってるでしょうから。早く目を通したいのではないかと思って。補足資料も揃《そろ》えておきました」

私は社長の机を拭《ふ》くあいだ外していた【経営企画室秘書グループ　羽澄《はすみ》知沙】と書かれたネームカードを首にかけ直した。笠原さんはきゅっと上がった目尻を満足げに細める。

私と似たようなシンプルな白シャツと黒のタイトスカートの組み合わせなのに、オーラが違う。華やかというか、妖艶《ようえん》というか。

一方の私ときたら、身長も体型も平均女性のそれでパッとしない。染めたことのない黒髪は胸までの長さが重く見えてもおかしくないストレートだし、前髪はぱっつんだ。

大きくて丸い黒目が年齢より幼い印象を与えるらしく、いまだに学生と間違われるときもある。色気とは縁遠い。

「知沙ちゃんの仕事は丁寧で細やかだから、すごく助かるわ。今年度もサポートお願いね」

「はい、私こそ。社長はこちらで着任の挨拶《あいさつ》をされたら取引先へ挨拶回りに出られるんですよね。……ところで笠原さん、もしかして体調がすぐれないのではないですか？」

「なんでわかったの？　実は風邪気味なのよ」

「少しですけど足元がふらついて見えましたから……それに顔色も。休めないのはわかりますが、無理なさらないでくださいね。お薬は飲みました？　まだでしたら私、市販のお薬を鞄に常備していますから、あとでお渡ししますね」

「ありがと。知沙ちゃん、ほんとよく気がつくよね。とりあえず、顔色だけは隠さなくちゃね。新社長がいらっしゃる前にファンデ塗り直してくる」

笠原さんが焦った様子で出ていったので、私も新社長向けにととのえた社長室を最後にもう一度見回してから、社長室を出た。

今日は四月一日かつ新社長の就任とあって、笠原さんだけでなく朝から経営企画室全体が浮き足立っている。

経営企画室のフロアに戻ると、案の定、先に長テーブルについていた先輩たちのあいだでは新社長の噂で持ちきりだった。

「三十二歳だっけ、香港《ほんこん》支社長から役員五人抜きで社長に就任でしょ？　さすが東堂《とうどう》の御曹司《おんぞうし》」

「社内報の顔写真を見たけど、モデル顔負けのイケメンじゃない？　早く生で拝みたかったのよ」

私の勤める『東堂時計《とうどうとけい》』は、今年で創業七十周年を迎える老舗《しにせ》時計メーカーおよび販売会社だ。

資本金五十億円、年間の売上高はおよそ二千五百億円という規模は国内随一《ずいいち》を誇る。各地に工場と販売店舗を構え、近年では欧州企業に比べて弱いとされていた高級時計市場でも存在感を示すようになるなど、目覚ましい躍進が続いている。

その大本は、戦前に構えた工房にさかのぼる。

工房は戦時中に一度は廃業を余儀なくされたらしいが、戦後になって東堂時計として再出発した。そのときの社長が、このたび就任する新社長の祖父。今の会長だ。

東堂時計はここ二十年ほど会長の婿《むこ》養子である新社長の父が率いていたが、この三月をもって健康上の理由から退任、会長には就任せず引退した。

そんな歴史のある東堂時計に、満を持して登場したのが若くしてやり手の息子というわけだ。

御曹司、やり手、イケメンと三拍子が揃えば、興味を引かないほうが無理というものだと思う。

「笠原さん、前社長付から新社長付にスライドねえ。どうせ決め手はあの顔と体なんじゃない？　やっぱり美人は得だわ。……あら、羽澄さん早かったのね。笠原さんが呼びにいったはずだけど」

先輩のひとりが私に気付いて気まずそうな顔をする。私は会話には気付かなかったふりで微笑んだ。

「はい、おかげで遅刻せずに済みました。笠原さんも、もう戻ると思いますよ」

場の空気を読んだり、相手のごく些細《ささい》な変化に気付いたりするのは、自分でも上手なほうだと思う。それはたぶん、身内の顔色をうかがいながら生きてきたせい。

自席につくと、ほとんど同時に笠原さんも戻ってきた。経営企画室唯一の四十代である男性の経営企画室長も、日に焼けた肌に白い歯を覗かせてやってくる。

その背後から、すらりと背の高い男性が現れた瞬間。涼やかな風が吹きこんできたかのように空気が切り替わった。

新社長だ。

身長は百八十二、三センチはあると思う。スーツだと足の長さがいっそう引き立つし、均整が取れた体つきも爽やかながら男らしい。

ライトグレーのスリーピースにダークネイビーのネクタイがこなれている。先輩たちがざわつくのも無理はない。

なにより顔がいい。

自然な感じにととのえられた黒髪が、面長の顔を端整に縁取《ふち》っている。鼻筋は高く、眉はすっと筆を刷いたよう。

切れ長の目は涼しげで、年齢と立場なりの威厳もにじみ出ている。威圧されたわけでもないのに自然と従おうという気になるのは、その威厳のせいかもしれない。

先輩たちがほうっと目元を赤く染め、立ちあがった。私も慌てて腰を上げる。

だけど先輩たちの目が新社長に釘付けの中、私は複雑な気分だ。

「本日付で着任される東堂嶺社長だ。社長、これから社長の手足となって働く経営企画室秘書グループのメンバーです」

東堂社長は室長の紹介に応じて軽く自己紹介すると、気負いや妙な傲慢《ごうまん》さのない、よく通る声で挨拶を締めくくった。

「先代のよいところは踏襲《とうしゅう》しつつ、刷新をためらうことなく、東堂時計を世界じゅうに広めたい。そのために、君たちの力を貸してほしい」

自信に裏打ちされた、堂々とした表情。

それでいて私たち平社員にも「力を貸してほしい」という言葉を使う、謙虚で丁寧な物腰。

東堂新社長はあっというまに秘書グループの面々の心を鷲《わし》掴みにしていた。

ただひとり、私を除いて。

だってどんな顔をすればいいのかわからない。

『引き受けてくれるなら、それなりの手当を毎月支払う』

『つまりは、妻という肩書きに対する手当』

三年ものあいだ会うことすらなかった、書類上だけの関係。

私は──お金で買われた妻だから。


挨拶を終えると新社長はさっそく指示を飛ばす。

その中には挨拶回りを含めた当面のスケジュールの共有や、前社長時代に進行中だったプロジェクトの今後の進め方なんかも含まれている。

新社長からは、三十代前半という若さを味方につけたアグレッシブな姿勢と、それをよい塩梅《あんばい》でコントロールする落ち着きが伝わってくる。

口調は父親である前社長に比べると淡々としてクール。かといって、私たちを突き放す感じはない。

「──以上だ。ここまででなにか質問は？」

新社長は一つひとつ指示を終えるたび、私たち秘書の理解が追いつくよう確認を挟んだ。だから萎縮《いしゅく》せずに質問もできる。

ひとりよがりな説明で終わらないところも、変なエリート意識を振りかざさないところも、好印象。

もし新社長が甘やかされたお坊ちゃんだったらどうしようかと、先輩たちは先日まで戦々恐々《せんせんきょうきょう》としていたから、きっとこの数十分だけで好感度は爆上がりしたに違いない。

「最後に、私付きの秘書だが──羽澄さん」

手元のタブレット端末で指示を確認していた私は、隣の笠原さんに小声で「ちょっと」と脇腹を肘でつつかれて顔を上げた。

ばちっ、と新社長と目が合う。静かだけれど鋭い目に肩が跳ねた。

どうしよう。社長から目を逸らしてしまったのに気付かれた？

「私付きの秘書は、羽澄さんにお願いしたい」

──え？

目を白黒させた私の周りで、どよめきが起きた。皆、驚いているのがありありとわかる。だけどいちばん驚いているのは私だ。

これまで、主な業務は先輩秘書のサポートだった。それが、笠原さんを押さえて私が社長付き？　そんなの、順当じゃない。

私が混乱しているうちに、笠原さんが室長に詰め寄る。

「待ってください、前社長には私がついていました。室長からも新社長には私だと……！」

「室長とも話はついている。羽澄さん、いいね？」

ほんとうに、私が新社長付きの秘書になるの？

私に拒否権なんてないも同然だけれど、新社長はそれでいいの？

「っ、はい……」

信じられない思いで、喘ぐように息を継ぎながら返事をする。

対照的に、新社長は眉ひとつ動かさなかった。

「ではさっそく細かい打ち合わせをしたい。社長室へ来るように」

言うが早いか、新社長は踵《きびす》を返して経営企画室を出ていく。どよめきがいっそう大きくなったけれど、私も慌ててあとを追った。

社長室に入ると、新社長はさっそくパソコンを立ちあげ机の前に立つ私に指示していく。矢継ぎ早だけど、内容は具体的で的確だ。

指示を聞きながら、すぐに手配するものと、先を見越して準備を進めるものを区別して、段取りを組む。

さらには社内の共有カレンダーで新社長の予定を共有する。

挨拶のあとの打ち合わせでも聞いたとおり、社長の予定は朝から晩まで分刻みで埋められていた。

こんなに詰めこんで、いつ休むのかな。

「すべての業務に秘書を同伴させる人間もいるが、私はそういうのは好まない。会議はともかく、会食やパーティーは目的地までの同行だけでいい。必要な手配だけ頼む。朝の迎えも、君までついてくる必要はない」

「わかりました」

それなら、気まずさも少しは薄れるかもしれない。ほっとした。

「取り急ぎ、継続中のプロジェクトの概要をまとめたものを用意してくれ。それからプロジェクトとは別に、前社長が懇意にしていた相手のピックアップを」

「どちらもファイリング済みですのでご確認をお願いします。プロジェクトの概要については、来週の頭に各部の本部長と担当が説明をする機会を押さえてあります」

私は新社長の机にまとめていた資料から一冊のファイルを手渡す。新社長はそれを手に取るとパラパラとめくった。

「重点的にテコ入れする予定のプロジェクトに関する資料はほかより多い……気が利くな、助かる。担当からの説明の件も承知した」

求められそうだと思って対応したことを喜ばれるのは、嬉しい。お礼を口にすると、新社長はファイルを閉じ、机の上で手を組み合わせる。

「ところで……今後、社長にお出しするコーヒーはブラックでよいでしょうか？　たしか、以前ブラックを口にされていたかと思うのですが違ったら」

「いや、合っている。濃いめで淹《い》れてくれ」

眉ひとつ動かさない社長に、あれ、と思う。もしかして。昔を覚えていて緊張してるのは私だけ？

ほっとしておいてなんだと思うけれど、それはそれで複雑な気分になる。

「あ、あの、社長……」

「なんだ？　ああ、羽澄さんの要望を聞くのが遅くなった。円滑に仕事をするため、君から私への要望はあるか？」

「え、私の……ですか？」

質問する気勢を削がれた上、思いがけない申し出を受けて面食らった。

「そうだ、最初に要望をすり合わせておけば、トラブルも避けられる」

そう言われても相手は東堂時計の社長。

おいそれと口にできるわけもない。

それに、これまでずっと自分のことは後回しにしてきたから、いきなり私の要望なんて聞かれても思いつかないのが正直なところで。

「特には……ありません」

「承知した。だがなにかあれば、すぐ言ってくれ。ああそれから、必要になる機会もおいおい出てくるだろうから、プライベートの電話番号も教えておく。むやみにかけることはないが、君の番号も教えてほしい」

新社長は仕事用の顔をわずかも崩すことなく、私用のスマホをジャケットの内ポケットから取り出した。

私のスマホはあいにく鞄の中だ。番号を言うと、新社長は復唱しながら登録を終えた。そのまま発信ボタンをタップして、ワンコールして切る。

私のスマホには、社長からの着信履歴が残ったはず。あとで登録しておかないと。

――三年前ですら、連絡先の交換はしなかったのに。

「では、さっそく得意先へ挨拶回りに行く。羽澄さんも同行してくれ」

最後まで崩れなかった社長の表情に、私のほうが顔を歪《ゆが》ませそうになる。慌てて仕事の顔をとりつくろった。

桜が散ったかと思えば、爽やかな風が吹くゴールデンウィークはもうすぐそこ。

本社の裏通りにあるこぢんまりとしたベトナム料理屋は、私たちの行きつけだ。仕事中なのでパクチー抜きだけど、手頃な価格で本格的な味を楽しめる。

今日の昼も例によって、私たちは窓際の古びたテーブル席に陣取っていた。

「――噂以上の超人ぶりね、東堂社長。知沙ちゃんもついていくの大変でしょ」

笠原さんが、運ばれてきたランチの鶏肉とトマトのフォーに口もつけずに形のいい唇を歪める。

「毎日あちこち飛び回って、たまに会社にいると思ったら会議ばかりで社長室にいるのは数分だけ。それもずっと平然と涼しい顔でこなすなんて、すごいわよね。前社長のときの大らかな空気とは大違い」

普段はそれぞれの上司である役員と行動をともにすることが多いので、揃ってランチを取る機会は貴重だ。雑談がよく進む。

今日は副社長付きの秘書である通永《みちなが》さんも一緒だ。

通永さんは三十五歳の既婚者で、出産を機にロングだった髪をばっさりと切って以来、ずっとボブヘアを通している。

おっとりとした性格と反対に仕事ぶりは真面目で、出産退職の意向を示したのを副社長が直々に引き留めたのは有名な話。

その通永さんがテーブルの向かいで、バインミーと呼ばれるバゲットのサンドイッチから口を離した。

「涼しい顔って表現、社長にぴったり。常にフラットで、冷静。怒るところは見ないけれど、笑う顔も想像できないなんて言ったら失礼かしら。でも、根っからの仕事人間であることは間違いないわね。新規顧客の開拓も精力的にされているそうだけれど、合間には工房にも通ってらっしゃるんでしょう？」

工場とは別に、東堂時計では工房を有している。職人の手作業による技が欠かせない、高級時計を作る拠点だ。東堂時計の心臓とも言える場所。

そこに、新社長は予定の隙間を見つけては顔を出し、現場の声を拾っている。

私は豆乳スープ仕立てのフォーを口に運んでから「そうなんです」とうなずいた。

「『東堂時計は技術で発展した会社だから、技術を担う職人を大事にしなければこの先の発展はない』とおっしゃって」

「やっぱり、若くて体力があって仕事がデキる男は違うわ。御曹司のお手並み拝見っていう気分で見てた人間も多そうだけど、やっぱり持って生まれたモノが違うわね。超人じゃないと社長にはなれないのよ」

通永さんに続いて、笠原さんも感心した。

超人……そういえば、ずっと激務に追われておられたっけ。

私が社長と初めて会ったときを思い出していると、フォーの残りを食べ終えた笠原さんがひと息ついて言った。

「これで既婚じゃなければ完璧だったのに」

どくん、と心臓が大きく跳ねあがった。

飲みこもうとしていた温野菜が喉につかえ、咽《む》せてしまう。私は慌てて水の入ったグラスに手を伸ばした。

「あら、社長は既婚なの？」

「通永さん、社長の左手を見なかったんですか？　ばっちり光ってましたよ、薬指の結婚指輪。ね、知沙ちゃん」

「え？　そうですね……たぶんですけど」

たぶんどころか、新社長が着任挨拶をした時点で気付いていたけれど。

ふたりの目が見られなくて、私はまだ半分以上残った温野菜を意味もなくつつく。脈拍がやけに速くなってしまう。

「知沙ちゃん、いつも細かいところまでよく見てるのに珍しいわね」

「プライベートなことですし、じろじろ見たり詮索したりするのもよくないかと……それより、通永さんのお子さんは今年から小学生でしたっけ」

話題を逸らすと通永さんは「うん」と笑って続けようとしたけれど、笠原さんは強引に話を戻した。

「でも気にならない？　あのハイスペックな社長よ？　通永さんも気になりますよね？　間違いなく、お相手は美人でなんでもできるお嬢様よ。料理が得意で、趣味はきっとお茶とお花ね」

笠原さんがテーブルの上で両手を揃えて楚々《そそ》とした所作を真似ながら断言する。ごめんなさい、そんな素敵な女性じゃないんです。

私はすんでのところで謝りそうになるのを、なにもない左手の指を見てぐっとこらえた。私の一存で公表できることじゃない。

でも、あの新社長の妻が私だなんて、社内に知られたらどうしたらいいんだろう。

しかも実質的な夫婦関係は一切なく、一緒に住んでさえいないと知られたら――。

私が住む東堂時計の社員寮は、本社ビルのある高級ショッピング街から電車で三十分の下町風情が残る街にある。

社員寮といっても、会社が単身者向けのマンションを一棟借りあげているので、実際にはふつうのワンルームと変わらない。

派遣社員から正社員に登用されたのと同時に引っ越したから、もう三年ここに住んでいる計算だ。

嬉しいのは、バストイレ別になっていることと、会社から家賃補助が出るので築浅の物件のわりに破格の値段で借りられること。

少しでも生活費を切りつめて弟の学費に回したい私にとっては、ありがたい制度だ。

だって唯一の家族である弟は、私大医学部に通う大学生なのだ。

弟が学費の高い私大をあえて志望したのは、その系列病院に日本でも数少ない、母が患っていた珍しい病気の専門医がいたからだった。

弟は、その医師に指導を受け、いつか母とおなじ病気の患者を助けたいのだと熱っぽく語っていた。

今思えば、ほかにもその医師に教えを乞《こ》う方法はあったかもしれない。けれどそのときは母も私も、系列の大学に進学するのが近道だと信じて疑わなかった。だから諸《もろ》手《て》を挙げて応援した。

だけど弟が無事に希望した大学へ進学するのを見届けて満足したかのように、母はその年の初秋に亡くなった。私が派遣社員として働いていた二十一歳のときだ。

初めて授業料の請求書を見たときには、愕然《がくぜん》としたっけ。

それでも、弟の夢を応援する気持ちは今も変わらない。目下の楽しみは、弟が無事に医師になること。それだけ。

夜九時。帰宅した私は、作り置きしていた鶏もも肉と茄子《なす》の甘辛煮とほうれん草の白和えで簡単に夕食を済ませてお風呂に入ると、ベッド脇にあるチェストの一段目から一枚の紙を取り出した。

【雇用契約書】

乙《おつ》は私。緊張していたのがありありとわかる、ぎこちない署名だ。

反対に、甲《こう》のほうは堂々として迷いのない筆跡。東堂時計ではなく――東堂嶺。新社長その人の署名。

私は新社長に、三年前から彼の妻として雇用されている。

といっても実際には名義を貸すのに似た感じで、実生活は独身のときと変わらない。

だから私たちが夫婦だと知るのは、社内では東堂時計の顧問弁護士と総務部長だけ。

その総務部長も、苗字こそ違うけれど東堂家の人だ。

さらには、この契約の存在を知るのは顧問弁護士のみ。

……なんだけど。

気分を変えようと、私は契約書をダイニングテーブルに置きキッチンでハーブティーを淹れる。ハーブティーは、私にとって唯一と言っていい贅沢だ。

だけど今日ばかりは、爽やかなアップルミントの香りが広がっても気分は晴れないままだった。

ランチのときのふたり——特に笠原さんの様子を思い返すと、深いため息が出る。

これまで新社長は専務兼香港支社長として香港にいたので、指輪もせず旧姓で仕事をしていれば誰にも気付かれる恐れはなかった。

それ以前に、弟の学費を捻出《ねんしゅつ》するために職場以外での付き合いをほとんどしなかった私だから、恋愛や、まして結婚とは無縁だと思われていてもふしぎじゃない。

「でも、これからは毎日、社長と顔を合わせるし……バレたらどうしよう」

無意識に、声に出してぼやいていた。

私が社長の結婚相手だなんて知れたら、笠原さんたちはなんて言うか。

騙《だま》しているみたいで気が重い。

それに笠原さんの話で気付いた。形だけとはいえ、私が妻だなんてどう考えても釣り合いが取れない。身分不相応という言葉が頭をよぎる。

料理はあくまで家庭料理の範囲を超えないし、お茶やお花なんてやったこともない。社長の妻に求められるような素養は……ない。

お腹の辺りが、申し訳なさでずんと重くなってくる。

たまらず湯気の出なくなったハーブティーを口に含むと、清涼感とともにほのかに感じる甘みが、思考をほんの少し前向きにしてくれた。

三年間、この雇用契約に頼ってばかりではいけない、と働いたお金は生活を切りつめてなるべく貯金に回している。

流行りのファッションも、あか抜けた髪型も、日々を彩る娯楽の数々も、私には関係ないと切り捨てた。

そのかいあって、充分ではないにせよ、この契約に頼らなくてもなんとかなる程度には貯金もできつつある。

だから……。

「これ以上続けていい理由もないよね。会社の人に気付かれる前に離婚して、結婚自体をなかったことにしよう」

心が少しだけ軽くなった気がする。私は契約書を封筒に戻し、オフィス用のショルダーバッグに入れた。

明日にでも、社長に時間をもらって話をしなくちゃ。

そう思っていたけれど、機会をうかがううちにゴールデンウィークも明けて一週間以上経っていた。

目の前のノートパソコンから顔を上げて、自席で書類に目を通している社長を見やる。社長は毎日のように外出するので、今日のような日は珍しい。

社長室は手前が秘書の席、奥が社長の席と来客用の応接セットというふうに仕切られている。あいだにあるのは内扉つきのガラス張りの壁で、お互いの様子が簡単にわかる構造だ。

社長室といえば重厚な調度品と革張りのソファというイメージが先行するけれど、東堂時計の社長室はこのガラスとモダンなデザイン家具のおかげで、明るくて開放的な雰囲気がする。

来客があるときや社長が集中したいときには閉められるけれど、今は内扉も開放されている。声をかけるなら今がチャンス。

だけど熱心に資料を読みこむ姿を見ると、邪魔するのははばかられてしまう。
もう二時間以上はああしているだろうか。肘をついて書類を読む様子からは、集中
しているのが伝わってくる。
考えこむときに指先で耳元をとんとんとつくのは、このひと月半で知った彼の癖。
どうしようかな、と思いながら鍵を使ってワゴンのいちばん上の引き出しを開ける。
中から契約書の入った封筒を取り出したとき、コンコン、と社長室がノックされた。
役員の誰かだろうと思い、封筒ごと契約書を自席に置いて扉を開ける。現れたのは
笠原さんだった。両手を合わせて「ごめん」というジェスチャーをする。
「私のボールペン、インク切れちゃって。知沙ちゃんのペンもおなじメーカーで
しょ？　芯の予備持ってない？」
「ありますよ。取ってきますね」
ペンなら経営企画室や総務にいくらでもあるのに。怪訝《けげん》に思いつつ自席へ取りに戻
ると、笠原さんも部屋前で待たずについてきた。ちらちらと社長に意味ありげな視線
を向けながら。
「やっぱり専務の部屋とは雰囲気が違うわね。やっぱり男はこうでなくちゃ。専務っ
たら、お茶しにいこうだの肩を揉《も》んでくれだの、仕事する気あるのかしらって言いた

くなるのよね」

社長の集中の邪魔になりそうでひやひやしつつ、私は席上に置いていた契約書をそそくさと引き出しに戻す。

別の引き出しを開けてペンを探すあいだも、笠原さんは社長に熱い視線をじっと向けていた。かと思うと中にあった替芯を私が渡す前に手に取る。

「これ、もらっていくわね。助かったわ。社長も、お仕事中失礼しました。そうだわ、よければお茶になさいません？」

内扉を開けていたので、笠原さんの声はよく通る。社長が自席で顔を上げた。

「いや、今はいい」

「そんなことおっしゃらずに。ずっとおなじ姿勢では疲れますよ」

笠原さんは言いながら社長席の前まで近づき、社長のマグカップを取りあげた。

「知沙ちゃん、社長のカップが空になってるわよ。もっと早く気付いてさしあげなきゃ」

「すみません、すぐに淹れます」

私は慌てて笠原さんから社長のカップを受け取る。

「私が気付いたからよかったけど、次から気をつけなさいね。社長が気持ちよくお仕事をできるようサポートするのが、私たちの仕事なんだから」

はい、と私が返事をするより先に、社長が普段の涼やかなテノールにわずかな険を含ませた。

「君、悪いが下がってくれ。私には羽澄さんがいる。君は専務のサポートに集中したほうがいい」

「っ、失礼しました」

笠原さんの頬にさっと朱が走る。踵を返して出ていく背中をちらっと見たきり、社長はふたたび何事もなかったかのように資料に目を落とした。

なんとなく声をかけづらくて、私はコーヒーを淹れることにした。集中したそうな様子だったから、朝よりもさらに濃いめにする。

パントリーを出て社長室に戻ると、私はすっかり外界をシャットアウトしたふうな社長の席にそっとマグカップを置いた。

「ありがとう。君の淹れるコーヒーがいちばんほっとする」

驚いて、反応が遅れた。社長はいつも黙ったままで、話しかけられると思わなかったから。

「……けっこう濃いめにしたんですが、よかったでしょうか？」

「ああ、おかげで仕事に集中できそうだ。これからも頼む」

そう言うと、社長はまた資料にすっと目を落とした。社長と秘書。それ以上でも以下でもない。でも労われたのはたしかで。

意識したら、頬がふわっとゆるんだ。ささいなことだけれど、胸の奥にぽっと灯りがともったような感じ。

「あの、社長」

社長がいぶかしげに資料から顔を上げた。

「お仕事中に申し訳ございません。あの……一度お時間いただけないでしょうか？　私の契約についてお話が」

私が社長の左手薬指に視線を向けると、社長も察したようで表情を引きしめた。

忘れられていたわけではなかったようで、ほっと胸を撫でおろす。

「不満でも？」

「そういうわけではないんです。ただ、これまでとは環境も変わりましたし、お伝えしたいこともあって」

「わかった。早いほうがいいか。今夜……もあいにく会食が入っているが、そのあとなら。君はどうだ？」

「え？　もちろん！　私はかまいません」

私の都合を気にかけられるとは思わなかったので、焦って声が大きくなった。言ったあとで、恥ずかしくなる。

「なら、今日は会食が終わるまで待機してくれ」

社長がかすかに口元を綻《ほころ》ばせたように見えたのは……気のせい？


その夜。

得意先との会食場所であるひっそりとした趣の料亭に到着して、先に車を降りた私は、社長に先方への手土産が入った紙袋を渡した。

「先方のお嬢様が高校に入学されたそうですので、入学祝いも添えております。それからこれは差し出がましいかもしれませんが、社長に」

「私に？」

ドリンク剤を受け取った社長が、怪訝そうに眉を寄せる。

「就任されてから会食続きですし、今日はコーヒーもたくさんお召しあがりでしたので胃が荒れがちではないかと思いまして。食事の前に飲むといいそうですので、よかったら」

このところ気になっていた。

普段、私の同行は会食場所までで、終了後の付き添いはしていない。だから実際に社長の体調変化を目にしたわけではないけれど。

社長にはせめてもう少し、自身の体を気遣ってほしい。

「あの、ご無理はなさらないで――」

「いや、飲む」

社長は即答すると、キャップを開けてドリンク剤を一気飲みした。

私はほっとして空瓶を受け取り、頭を下げる。これで少しは胃への負担が軽くなるはず。

「いってらっしゃいませ」

「……ああ。待たせて悪いが、またあとで」

一見、なんてことのない言葉。だけど驚いて私が顔を上げたときには、社長は出迎えの女将とともに料亭の玄関をくぐったあとだった。

――いつもより声がやわらかかった、よね。

あんな声、初めて聞いた。

けれど、どうしてそんなことが胸にくるの。

三年間、紙切れ一枚で繋がっただけの関係を、いよいよ終わらせるというのに。

＊

私は三年前の春、ありがたくも派遣社員から正社員に登用され、同時に総務部から経営企画室秘書グループに異動になった。

その慌ただしさが落ち着くまもない日の午後だった。私は職場の応接室に呼び出された。

向かいには、東堂時計の顧問弁護士だという三十代前半くらいの男性。

不破深行《ふわみゆき》と名乗った彼は、他愛のない世間話を挟むとこう前置きした。

『今からお伝えする内容は、くれぐれも他言無用でお願いします』

無造作に見えて丁寧にととのえられた黒髪が、不破さんの甘さのある顔を縁取っていた。人の警戒心を無意識に解きほぐす雰囲気だ。

それでも、顧問弁護士なんて人からあらたまった口調で切り出されると、緊張してしまう。

『羽澄さんは、東堂嶺香港支社長をご存じですか？』

不破さんは私の緊張をやわらげるように微笑んだ。

『え……？　はい。たしか、香港支社立ちあげの立役者ですよね』

国内では確固たるブランドイメージを築きあげている東堂時計だが、数年前から高級時計の海外進出も積極的に進めるようになった。

その一環として去年立ちあげられたのが、香港支社だ。

立ちあげに貢献した彼がそのまま初代支社長に就任したのは、記憶に新しい。

『その東堂支社長が、妻になる人間を探しています。事情があって、早々に話をまとめたいらしくて』

妻？

業務中の話にはそぐわない言葉に面食らってしまう。話の向かう先がわからなくて、私は相槌《あいづち》も打てずに続きを待つ。

『妻といっても、書類上だけの関係でいいそうです。一緒に住む必要も、彼の妻として振る舞う必要もありません。ただ婚姻届に判を押せばいいそうなので、一度検討してもらえませんか』

『……は、え？』

私は目を見開いた。今、なんて？

『引き受けてくださるなら、支社長はそれなりの手当を毎月支払うそうです。つまりは、妻という肩書きに対する手当ですね』

『待ってください。おっしゃる意味がよくわからないです！　あの、それじゃまるで妻を雇うとおっしゃっているようで……』

話を遮るのは失礼かとも思ったけれど、かまっていられない。混乱で声が上ずった私に、不破さんは微笑んでうなずいた。

『そのとおりですよ。さすが、察しが早くて助かります』

『いえいえ、そういうことじゃ！　だって、一緒に住まなくてもよくて、妻として振る舞う必要もないって……そんな結婚、聞いたことがありません。ましてお金を払うなんて』

そんなの、とうてい信じられない。

世間には色んな結婚の形がある。愛のある結婚ばかりではないことを知らないほど、子どもじゃない。だからといって、すぐにのみこめる話でもなくて。

だって、東堂支社長については社内報に掲載された写真と、大体の業績しか知らない。直接顔を合わせたこともないのに。

『勝手な言い分であるのは支社長も重々承知です。だからこそ対価をお支払いするのですよ。ああ、本人の為人《ひととなり》はご心配なく。立場に甘んじず、陰で人一倍努力してきた奴です。将来有望で、女性関係にも問題なし。弱音を吐こうとしないのは、困ったものですが』

その口ぶりからは、不破さんが個人的にも支社長と親しいのが感じ取れる。彼が、この話をまとめることで支社長の力になれるのを喜んでいるらしいのも。

でも、いきなり結婚だなんてあり得る？

婚姻届に判を捺《お》すだけが結婚じゃないでしょう？

それとも、これが今どきの結婚なの？

次から次へと疑問が湧いて頭がぐちゃぐちゃになっていく。でも、ふと気付いて尋ねずにはいられなかった。

『ひょっとして、私が正社員に登用されたのは……この話を引き受けさせるためですか？』

『そうですね、無関係とは言いません。ただ、羽澄さんの能力が買われたのも事実です。書類仕事に留まらず、他人のささいな変化に敏感で気遣いができる。総務部長からはそううかがっています』

『……ありがとうございます』

私は頭を下げた。複雑な気持ちは抜けないけれど、日頃の働きを褒められるのは素直に嬉しい。

不破さんは私にうなずくと、一枚の紙をテーブルに滑らせた。

『なお、雇用の手当はこちらに記載のとおりですが、足りなければ希望額を教えてください』

書面まで用意されているなんて、ほんとうに本気なんだ。

雇用だとあらためて口にされると、いよいよ業務契約なのだという認識が強くなる。

だけど不破さんから提示された手当の額の多さに、私は目を剥《む》いた。

『えっ⁉　ちょっ、これは……多くないですか⁉』

『紙切れ一枚とはいえ、人生を借り受けるのだから当然ですよ』

『そう、言われましても……』

どうしたって困惑してしまう。

別に、結婚を考えるような恋人がいるわけじゃない。

中一のときに父が亡くなってからは、仕事で忙しい母の代わりに家事をしていたから、恋愛なんてする余裕もなかった。

唯一の恋愛経験は、高一のときに同級生とおなじ人を好きになったことだけ。それだって、同級生と衝突してまで自分の気持ちを押し通す強さがなくて、早々に応援する側に回った苦い記憶だ。

今ではもう、真っ先に心配してくれるだろう両親もおらず、ただ弟が無事に医者になれたら、私自身に望むことなんてない。

妻という肩書きを渡したところで、支障はない。……けれど。

『考えさせてください……』

このときの私は、かすれた声でそう言って不破さんに頭を下げるのがやっとだった。

その約二週間後の日曜日、私は伯父《おじ》さんから呼び出しを受け瀟洒《しょうしゃ》な外観の喫茶店に赴いた。

ゆったりとしたクラシック音楽が流れる店内は、若い女性客が多かった。英国風にしつらえられた庭が有名らしく、訪れる客も見ごろを迎えた花々が目当てだという。ほかの客が庭を眺めながらおしゃべりを楽しむ様子を好ましく思いながらも、伯父さんと向かい合った私はひとり、しんとした寒さすら感じながら身をすくめた。

『遅いだろうが、知沙。社会人にもなって、人を待たせるな』

『すみません……次からは気をつけます』

テーブル席の向かいで頭を下げると、膝で揃えた手元の腕時計が目に入る。待ち合わせ時間の五分前。

だけど口にはできなかった。椅子に深く腰かけた伯父さんの指先が、忙しなくテーブルを叩く。小柄で痩せ型、頬の肉が削げて常に眉間に皺《しわ》を刻んだ伯父さんは、今やその細く吊りあがった目に紛れもない苛立《いらだ》ちを映している。

これまでも何度か経験した、爆発の予兆だ。透明な手で喉を圧迫されている気分がして、息が苦しくなった。私がまだ幼いころは、優しかったのに。

様子が変わったのは、父の四十九日が明けて伯父が家に来るようになってから。

最初は、残された母子三人を気にかけてくれているのだと思っていた。

母は働き詰めで家にほとんどおらず、私たち姉弟はもう幼い子どもではないと強がりながらも、伯父さんの訪問に安心感を抱いていたほどだった。

けれど伯父はしだいに、私の前でだけ、自分の思うとおりにならないと声を荒らげたり物に当たるようになった。

訪問時に私が不在だったり、伯父さんがいるときに友達から電話がかかってきて私がそちらを優先したり。そんな些細なきっかけで、伯父さんは怒りを爆発させた。

未成年の私に恐怖心を植え付けるにはじゅうぶんだった。

握りしめた手に嫌な汗をかきながら息をつめていると、ややあってから伯父さんが大きく息をついた。

『……まあいい。今日はその服に免じて許してやる』

伯父さんの視線が、小花柄の描かれた薄手のフレアワンピースに注がれる。普段は着ない柄のそれは、伯父さんから送られてきたもの。

ひとまず伯父さんが逆上するのを避けられてほっとしたけれど、胸に重い塊がのし掛かるのも否定できない。

一度、伯父さんに送られたものではない服を着て面会した際、逆上した伯父さんにコーヒーの入ったカップを投げつけられたのだ。

さいわい火傷《やけど》はせずにすんだけれど、シャツに広がった染みはそのまま、私の心を暗く塗り潰すみたいだった。

それ以来、伯父さんの前では送られたものを着るようにしている。……でも。

私はなるべく伯父さんを刺激しないよう、控えめに申し出た。

『伯父さん。私はもう服を送っていただかなくて大丈夫です。服を買うお金はありますし、お気持ちは私より弟に……』

『俺が贈ったものが受け取れないのか？　いつからそんなに生意気になった。お前の父からだと思って受け取ればいいだろうが』

圧迫感を覚える口調もさることながら、父を持ち出されるとそれ以上はなにも言えなくなってしまう。これはあとから知ったことだけれど、大学進学を諦めかけていた私に短大の費用を出してくれたのは、伯父さんだった。

だから……苦手に思う私のほうが、人として間違っているのかな。

『それとも、今のは昴《すばる》くんの学費を出せという意味か？』

伯父さんの表情にふたたびいつ弾けるともしれない苛立ちがにじんだのに気付き、私は慌てて否定の形に手を振った。

『いえ！　払える見込みはあります、大丈夫ですから！』

ほんとうは見込みなんてこれっぽっちもないけれど、私の学費だけでも負い目がある。さらに援助を受けたら、今以上に伯父さんを拒否できなくなってしまう。

面倒を見てくれた、いい伯父さん。十人中十人がそう言うに違いない。

弟も伯父さんには懐いている。弟が下宿するのは今は亡き父方の祖父母の家だけれど、学生向けのシェアハウスに改築されたその場所を管理するのは、伯父さんだった。

『それならいい。知沙はよけいなことは考えず、今までどおり俺に会っていればいいんだ。俺のかわいい姪《めい》なんだからな』

張りつめた空気がゆるんでも、背中の震えは止まらなかった。

この視線から、逃げたい。

――私が結婚すれば、伯父さんの態度も少しは変わる？

ううん、変わらなかったとしても……せめて私にお金があれば、将来なにがあったとしても弟の学費の件で伯父さんに泣きつく事態だけは避けられるはず。

私の頭の中で、支社長と結婚する話が何度も再生されていた。


意を決して不破さんに連絡を取ったのは、その翌週。契約結婚の話を持ちかけられてから三週間後だった。

さっそく、その日の終業後には役員フロアにある応接室に通された。私は温和な笑みをたたえた不破さんへの挨拶もそこそこにして切り出す。

『先日の返事の前に、ひとつだけ質問させてください。なぜ、私なんですか？』

返事はほとんど決めたも同然だけれど、そこだけは確認したかった。

支社長と直接の面識なんてない。

にもかかわらず、なぜあんな突拍子もない提案を私に持ちかけたのか、どれだけ考えてもわからない。

無意識にソファから身を乗り出した私に、不破さんは言った。

『そうですね……この件を支社長から一任されるにあたって、一応、調べさせていただきました。仕事ができて口が堅いこと、なおかつお金を必要としており雇用契約が受け入れられやすい相手であること。そして、この契約に対し外野からの干渉を受ける可能性がないこと。失礼を承知で言いますが、羽澄さんはこれらの条件に合致していました』

『外野って、もしかして両親でしょうか？　私の親は他界しているから……』

『ええ』と不破さんにあっさり肯定され、視線が下がる。

仕事ぶりについてはともかく、家庭の事情までいつのまにか調べあげられて、平気ではいられない。

しかも……相手にとってはビジネスの話とはいえ、両親の他界をさも都合がよい条件かのように言うなんて。

顔が曇りかけたとき、不破さんの次の言葉に私は顔を上げた。

『ただ決め手はそこではありません。羽澄さんの人柄なら、あるいは嶺……東堂支社長を変えてくれるのではないかと思いまして』

『そんな……恐れ多いです。お会いしたこともないですし』

嬉しいというより恐縮してしまう。正社員に登用されてまだ日も浅い私が、若くして香港支社長にまでなった人にしてあげられることなど、ないに等しいと思う。

『それに……形だけの妻なんですよね？』

『そうでしたね。私の勝手な願望に過ぎませんから、気にしないでください』

承諾を得る前に口を滑らせたのが気まずいのか、不破さんが笑い飛ばす。

でも、条件が合致したという無味乾燥な理由だけではない事実は、私が用意していた返事を口にする最後のひと押しになってくれた。

『そう言っていただけるなら……東堂支社長のお話を、お受けしたいと思います』

『ああよかった。実はここだけの話ですが、支社長は少々厄介な縁談を押しつけられていたんですよ。支社長に変わってお礼を申しあげます』

私のほうこそ、この結婚が支社長にもメリットのあるものだと知って気が楽になった。

なんとなく、私にばかりメリットがあるように思っていたから。主にお金の面で。

けれど雇用契約書に目を通したとたん、血の気が引いた。

『……前に提示された額より、お手当が増えてませんか⁉　いくら東堂家の方でも、この額は』

妻という立場を引き受ける対価である特別手当は、月五十万。

こんなに高額なお金、とてもじゃないけれど受け取れない……！

『羽澄さんは、戸籍の変更を承諾されたんですよ。人生をもらい受けるのだから当然だと、支社長からも念を押されております。堂々と受け取ればよろしいのです。なんならもっとふっかけても、彼なら喜んで応じるでしょう』

『……っ』

頭がくらくらしてきた。

三月まで派遣社員としてもらっていたお給料は、生活費だけでほとんどが消えてしまう額だった。

正社員になって少しはましになるはずだけれど、学費のことを思うとさほど余裕があるわけでもなく。

それに引き換え、妻という肩書きを得るためだけにこんな額を毎月ポンと出すなんて、住む世界が天と地ほど違うとしか思えない。

『受け取ってください。東堂はそれを望んでおります』

『っ……、わかりました』

契約書を持つ手が震え、ごくりと唾《つば》をのむ。覚悟はとっくに決めたのだから落ち着こう。落ち着かなきゃ。

それに支払いの迫った学費のことを考えたら、助かるのも事実。

手当の額に青ざめた以外では、契約書はごく真っ当なものだった。ざっくりいうとお互いに誠実であることを求めるものといったところだろう。

双方、健康上の留意事項や借金、ギャンブル癖などの問題が発覚した場合には即座に契約無効となり離婚できると書かれている。

ただ、契約は基本的に無期限で有効であり、離婚を希望する場合は双方の話し合いによって決定すること、と書かれていた。

これなら、万が一なにかあっても円満に婚姻を解消することも可能なはず。

『婚姻届は僕が責任を持って提出しますので、判子だけいただけますか?』

『あ……はい、お任せします。そうだ、以前に他言無用だとうかがいましたが、結婚した事実だけは弟に伝えてもかまいませんか? 唯一の家族なので、隠すのは心苦しくて』

といっても、いきさつまで口にすればかえって心配をかける。だから、あくまでも結婚したという報告だけにするつもりだけれど。

『ええ、かまいません。支社長も、ご家族への挨拶は筋を通したいと申しておりました』

不破さんの口ぶりでは、支社長は弟にも会ってくれるらしい。

雇用契約として結婚を持ちかけるような人だから、挨拶なんて期待していなかったのに。

初めて東堂支社長の人柄が垣間見えて、無意識にほっと息をつく。

話をしたこともないけれど、きっとなんでも理屈で割り切るだけではなく、相手を思いやれる人だという予感がする。

私はその予感を胸に、約半月後とうとう東堂支社長その人と対面することになった。


支社長と訪れた場所は私の両親の墓前だった。

夜の六時、五月の夕焼け空には美しい濃淡のグラデーションが描かれている。風は肌寒かったけれど、気持ちのいい季節だった。

墓石が並ぶ周りを植栽のつつじの花が彩っている。赤と白の目にも鮮やかな花は、故人を慰《なぐさ》めているように見えた。

支社長はスーツ姿のまま、地面に膝がつくのも厭《いと》わずに墓前で長いあいだ手を合わせていた。

おなじように手を合わせる。先に目を開けると、隣に並んだ弟と目が合った。弟が私に向かってにかっと笑い、親指を立てて耳打ちする。

『姉ちゃんの夫、いい人じゃん』

弟を騙すみたいで申し訳なくなったけれど、同時に胸がくすぐったくなる。

結婚前に一度は会っておきたいと思ったのは事実だけれど。

――まさか両親にも挨拶したいと言ってくださるなんて。

手を合わせる支社長の隣にはキャリーケースがある。香港支社から直接、両親の眠る墓地まで来てくれたのだ。

『急で悪かった。昴君も、時間を作ってくれてありがとう。会えてよかった』

『いえ、おれも義兄さんに会いたかったんで。姉ちゃん、恋人がいるってひと言も言わなかったから』

『驚かせてすまない。お姉さんは、私の立場を考えて黙っていてくれたのだろう』

『姉ちゃん、父さんが死んでから母さんやおれを優先して、なんでも我慢してきたから。義兄さん、姉ちゃんをどうか幸せにしてください』

弟の心遣いが嬉しいだけに、うしろめたさがこみあげてくる。いたたまれない。

だけど目を伏せる私と反対に、支社長の声は力強かった。

『もちろんだ。不自由はさせない』

絶妙に嘘はついていないのが大人の対応だけど、誠実だとも思う。

弟に嘘をつく罪悪感が、ほんの少し軽くなる。これがもし、幸せにするだなんてその場しのぎの発言だったら、ますます弟に申し訳ない気持ちになったと思うけれど。

形だけの夫でも。この先、夫婦として振る舞うことがまったくなくても。

——この人が相手なら、きっと私は後悔しない。

二章　お別れ、しましょう

――いけない。昔を思い返してぼんやりしてしまった。

私はもの思いから意識を戻して、そそくさとコーヒーショップを出る。

社長の会食が終わるまで、あと二十分ほど。待機前に手配したタクシーも、そろそろ料亭の前に着くころのはず。社用車は、今夜はすでに帰している。

料亭前まで戻って予定どおりタクシーが到着していることを確認し、五月も下旬の生ぬるい風を深く吸いこむ。女将の見送りを受け、社長が敷石を歩いてくるのはほぼ同時だった。

社長は出迎えの挨拶にうなずき、ジャケットを脱ぐとタクシーの後部座席に乗りこんだ。ところが私が助手席のドアを開けようとすると止められた。

「隣に座ってくれ」

「……では失礼します」

内心おっかなびっくりで社長の隣に座ると、お酒も飲んだだろうに涼しげな顔を崩さない社長が私のほうを向いた。

「食事はしたか？」

「いえ、お腹があまり空かなくて……」

空かないと言ったそばからお腹がぐう……と空腹を訴《うった》え、私は思わず悲鳴じみた声を上げてしまった。

「すみません、お耳汚しをしました……っ」

「いや、ちょうどいい、なにか食おう。正直に打ち明けると、俺も物足りなかった」

社長は、プライベートでは自分のことを『俺』って言うんだ。

三年前に一度だけ顔を合わせたときも『私』だったから、知らなかった。職場では常に理性的な態度を崩さない社長からちらりと覗いた、素顔。

別に〝私〟でも〝俺〟でもかまわないはずなのに、なぜだかそわそわする。

もしかしてそれは、これから彼のプライベートを深く知っていく予感だったのかもしれない。

連れていかれたのは、東堂時計本社から一駅分離れた場所にある隠れ家的なダイニングバーだった。

セレクトショップのテナントが入る一階横の細い階段前には、店の看板もなにもない。しかし階段を上り、時代を感じさせる黒塗りの扉をくぐると、居心地のよい空間が広がっている。

金曜日の夜だけあって、照明が絞られた店内はほどよく埋まっているようだった。

私たちは窓際に面したカウンター席に腰を落ち着ける。

繁華街に位置するだけあって、窓の外に目を向ければライトアップされた街路樹や通りを行き交う人々の笑う顔がよく見下ろせた。

「酒は強いほうか？」

「どうでしょう……。実を言うと飲み会に参加した経験がほとんどないので、わからなくて。ひと口で倒れることはないですが……社長は？」

「会食で鍛えられたから、酔うことはほぼないな。君の前で醜態《しゅうたい》をさらすことはないだろうから、安心してくれ」

社長は思案げにメニューへ目を落としてから、心持ち上目遣いで私を見る。

「ここは食事に合うワインが豊富なんだが、抵抗がなければ試しにどうだ？」

「お任せします」

社長は迷いなくワインを決めると、私には呪文のように聞こえる銘柄をスタッフに伝え、食事のメニューを私に渡す。

「コース料理はあいにく用意がないが、好きなものを頼んでくれ」

正直、ほっとした。コース料理なんて出されても緊張で味がしないに違いない。だいたい、お財布が泣いてしまう。けれどここなら、たまの贅沢と思えばギリギリ支払える範囲内だ。よかった。

バーは静かすぎず、かといって大声で騒ぐ客もおらず、ちょうどよい具合の喧騒《けんそう》だった。

離婚話がほかの客に聞かれる心配もなさそう。

社長の言葉に甘えて、私は生ハムと前菜の盛り合わせ、それからほうれん草とトマトのキッシュを頼んだ。

運ばれてきたスパークリングワインで乾杯する。

社長がセレクトしてくれたワインは、フルーティーで爽やかな味がした。

私が飲みやすいものにしてくれたんだと思う。鼻の奥を抜ける芳香にも、思わずため息をつく。

遠慮なく食べるようにという言葉に甘えたのと、凄絶《せいぜつ》なイケメン、しかも社長を隣にして食べないと間《ま》が持たないという焦燥《しょうそう》めいた理由で、私はさっそく料理にも手をつけた。

くどくない。

「んっ……なにこれ、美味しぃ！」

私は前菜のカポナータをひと口食べて目を細め、無意識に頬に手を当てた。

野菜が大きめにカットされてカラフルな見た目ながら、さっぱりとした口当たりで

キャロットラペは、酸味と甘みのバランスが絶妙でクセになる。ドライトマトを使ったキッシュは、口触りが思いのほか軽やか。

いつしか社長の分を取り分けることすら忘れて夢中で食べてしまっていると、社長のお勧めだという料理も運ばれてくる。

いつのまにかワイングラスも空き、お代わりにはお勧めされたカンパリオレンジを頼む。社長はウィスキーのソーダ割り。

すっかり食欲に従順になった私は緊張もどこへやら、気付けばどれも美味しくいただいていた。

「回りくどいのは好まない。『契約について』と言ったが、どんな用件だ？」

私があらかた食べ終えるのを見計らって、社長が切り出す。

カクテルに口をつけてカウンターに置くと、私は姿勢を正して社長に向き直った。

どう言おうか頭の中で整理し、意を決して口を開く。

「雇用契約を、解消してください。離婚をお願いしたいと思います」

「理由は？」

「これまでは職場が異なりましたし、私たちの関係に気付かれるおそれはありませんでした。でも、今後はそうはいきません。今ならまだ、社長は私よりよほどふさわしい方と結婚をやり直して、私との契約を対外的になかったことにすることも可能です」

「ふさわしい？」

心なしか、社長の声が低くなる。

反射的にびくりとしたけれど、社長からは伯父みたいにいつ逆上するか知れないといった気配は感じなかった。

私はほっと息をつき「はい」と返して続ける。

「私が妻では……この先、社長の評判まで落としかねません。そういうのは嫌なんです。社長にはもっとお似合いの、素晴らしい方がいらっしゃるはずです」

自分に足りないものをあげつらうのは、みじめになるだけだから好きじゃない。けれど私は事実としてなにひとつ、社長に見合うものを持っていない。容姿も、家柄も、教養さえ。

この三年はそれでも社長にだってメリットがあるからよかった。

不破さんによれば、社長が結婚を希望した原因は、東堂家の身内で持ちあがった『厄介な縁談』にあった。

身内だからこそ口先だけの断りでは不十分、という〝虫除け〟の意味合いが強かったこの結婚も、三年も経てば継続する意味も薄れていると思う。

ここから先は、社長の重荷になるだけ。

「それに、三年間お手当をいただいたおかげで、残りの学費も支払える目処がつきました」

高額な学費の請求と伯父との関係に窒息する寸前だった私にとって、社長との契約はまさしく救いの手だった。その契約に、この三年間どれほど助けられたか。

でも、弟ももう今は大学四年生。

前期の授業料は振りこんだし、あと二年半分の授業料はこれまで学費に充てた残りの手当と、私のお給料を貯めた分でなんとかまかなえるはず。

「……これ以上を望むのは、私には過ぎた贅沢です。これまで、ほんとうにありがとうございました」

社長は無言で、グレーのスーツに包まれた長い足をゆったりと組み替えた。琥珀色《こはくいろ》の液体が入ったグラスを呷《あお》る。喉仏が上下するのが目に入った。

思わぬ男の色香にどきっとして、私は目を逸らす。

ところが社長はまるで私の視線を追うようにして、私のほうに顔を寄せた。

「俺は、離婚する気はない」

キレのある低音が私の耳をくすぐる。

背中がぞくりとするのを感じつつ、思いもよらない言葉に社長を凝視した。

「でも、夫婦だといってもなんの実体もないですし、今のうちに……」

「むしろ困っているのは君ではないのか？　ほかに結婚を望む相手ができたのなら、はっきり言ってくれ。契約書にもそう書いたはずだ」

とんでもない、と私は激しくかぶりを振る。

「私には恋愛なんてお門違いです。そうじゃなくて私はただ、私たちが形だけの関係だと知られて……万が一にも契約のことを知られたら、社長が窮地に陥るのではないかと心配なだけです。社長は私たち姉弟の恩人ですし、足を引っ張りたくありません」

言いながら無意識に唇を引き結ぶと、社長の手が伸びてきた。

唇に、硬い指先の感触。

えっ、えっ。なに？　なんなの？

目を見開いた私の唇を、社長がやんわりとなぞる。まるでスローモーションみたいに、ゆっくり。

「そんな顔はしないでくれ。俺が責めたみたいで、少々滅入る」

社長の指が離れていく。

とたんに全身の血が勢いよく流れ始めた。

ドッ、ドッ、と鼓動が激しく鳴る。

「とにかく、離婚はしない。俺自身に問題があるなら話は別だが」

「社長に問題なんてな……いえっ、あります……っ」

ないと言ってしまえば離婚できない。そう思ってとっさに言い直すと、社長の視線が険しくなった。

「なんだ？」

どうしよう。思いつかない。でもなにか言わないと。

社長の視線から逃げるようにして、カクテルをひと息に飲み干す。だけど困ったことに喉はまだカラカラ。もう一杯だけお代わりをもらう。

「遠慮はいらない。教えてくれ、知沙」

ひゅっと息をのみこんでしまった。まるで夫婦だと知らしめるためかのように、名前で呼ばれたから。

しかも会社では聞いたことのない、艶を乗せた声でよけいに困る。追いつめられた小動物みたいに、心臓が騒いでしまう。

跳ねる心臓をなだめようと、お代わりしたカクテルを半分ほど一気に呷ると、頭の芯がくらりとした。それでも鼓動が収まらない。

うろたえてもう一度グラスに手を伸ばしたとき、その手を社長に掴まれた。

「酔ってるな？　今日はそこまでにしたらどうだ」

「酔ってなんかいません」

掴まれた手に、社長の熱が伝わってくる。そのとたん、かあっと頬が熱くなった。

「っ……社長は、働きすぎです」

社長があっけにとられたのがわかった。掴まれた手が離れていく。

なにを言ってるんだろう。そう思っても止まらない。こうなったらもうやけっぱちの気分で続ける。

「少しは休んでください。会食が終わっても、また会社に戻って仕事をしていると聞きました。朝も私より一時間以上早く会社に来ておられますよね。なんでもないふうに働いておられますから、誰もが社長は超人だと言いますけど……じゅうぶん眠れていないんじゃないですか？」

「……それが問題なのか？」

問いつめる様子だったのが嘘のようにぽかんとした顔だ。自分で気付いていなかったの？

「問題に決まっているじゃないですか。最初にお会いしたときもそうでしたし、香港支社でもそうだったと聞きました。明らかに働きすぎです！　これじゃ、いつ倒れてもおかしくありません。心配させないで――」

やだ、なんてことを口走ってるの。感情に任せて……これじゃ、ただの説教とおなじ。

酔いと後悔の入りまじった鈍痛にたまらず頭を抱えたら、隣の空気がやわらいだ気配がした。おそるおそる社長の横顔をうかがう。

社長が目元をほんの少しゆるめて、笑っていた。

「問題点はわかった。では、知沙がこれから俺の体調管理をすればいい。それで解決すると思わないか」

抗議しようにも、その瞬間、言葉がすべて頭から吹っ飛んでしまった。

思いがけない笑みに、魅入られたせいで。

ふっと意識が浮きあがって、私はぼんやりとした頭でまばたきを繰り返した。

あれ……私、なにをしてたんだっけ。

運賃が表示されたモニターが目に入り、ああタクシーに乗ったんだっけと気付く。たしか、さっきまで社長と隠れ家みたいなバーにいた。離婚の話は平行線のまま、いつのまにか、お酒を飲みすぎてしまって……。

初夏の森林を思わせる爽やかな香りが鼻腔《びこう》をくすぐる。この香りを知っている。

──社長の香り。

私は弾かれたように、隣に座る社長の端整な横顔を見あげた。

「すみません……っ。私、眠ってましたよね……」

「起きてくれて助かった。社員寮に送るべきだとは思うが、社員に見つかればなんらかの釈明が必要になる。君の同意を得ておきたかった」

例によって動揺も困惑も見せない社長を前に、私は申し訳なさと羞恥《しゅうち》で頭を深く下げる。頭がくらりとした。

いたたまれない。しかも呑気にうたた寝だなんて。

ええと、それで社員寮に送ってもらうか、だっけ。

「見られたらちょっと……ひと筋離れた場所で降ろしてもらえたら……」

社長に介助されて社員寮に戻ったとして、誰かと鉢合わせしたら翌日どんな騒ぎになるか。

あの社員寮に住む社員は全般的に帰りが遅い。まして金曜日の夜だ、この時間ならほぼ間違いなく誰かと顔を合わせることになる。

想像しただけでめまいがする。

「足元がふらついている君をひとりで帰すわけにはいかない」

「そんな。着くころには酔いも冷めますし、ご心配いただかなくても」

「知沙」

「っ！」

初めての名前呼び。

どきっとして危うく不自然な声が出そうになった。

「部屋まで黙って俺に介助されるか、今夜は俺の部屋で寝るか。どちらかだ」

「や、待って……待ってください！」

突拍子もない申し出に、全身の血がにわかに沸騰《ふっとう》したかのようになった。冷静に考えられない。

だけど……社員寮で騒ぎになったら？　詮索されたら？

私が〝妻〟として雇用されただけだと知られたら？

『間違いなく、お相手は美人でなんでもできるお嬢様よ。料理が得意で、趣味はきっとお茶とお花ね』

卑下《ひげ》するわけじゃないけれど、社長と釣り合わないという事実を指摘されたら？

思考がどんどんネガティブになっていく。それが酔いのせいなのかどうかも、判断がつかない。

絶対ダメ。社長に部屋まで送ってもらうのだけはダメ。

「社長のお部屋を貸してください……っ」

酔いの回った頭がまたくらりとする。口にした返事の意味も、深く考えられなかった。

おそらく都内でも有数だろう高級マンションの地下駐車場で、車が停まる。

しんとした車内と反対に、全身が心臓になったかのようにうるさく騒ぐ。頭はふわふわするのに。

社長がさっさと降りると、私の座席側に回ってくる。

頭の隅では、私もシートベルトを外さなきゃ……と焦る気持ちがあるのに、アルコールがたっぷり染みこんだ体が重い。そうこうしているうちにドアが開いて、社長が身を屈《かが》めた。

カチャリ、と金具の外れる音がして、あれ、と思ったときには腕が私の脇に差し入れられていた。

「社長？」

「ひとりではまっすぐ歩くのもままならないだろう」

「そうかも……」

普段の私なら、絶対にこんな気の抜けた返事なんてしない。

だけど今は、スーツ越しでもわかる優しくも逞《たくま》しい腕に支えられるのが、ただ心地よくてつい身を委ねてしまう。ふわっと、体が浮いた。

あ、横抱きにされてる……。

私よりやや高い体温が伝わってくる。

社長の香りにも、胸がくすぐられてドキドキしてきた。でも、ぬくもりが気持ちよくて抗《あらが》えない。

無意識に、厚い胸へ頬をすり寄せる。

抱きしめる腕はつかのま強張ったけれど、すぐさまさっきより強く抱えられた。それが嬉しくて、ますます頬をすり寄せる。

　ふわふわした気分。

　ところが社長の部屋の上がりかまちに下ろされ、ひんやりとした床に手をついたとたん――頭が冷えた。

　パンプスに手をかけられ、私はたちまちパニックに陥った。酩酊感《めいていかん》が一転して鈍痛に変わる。

「社長っ、自分で脱げますっ。社長、しゃ……っ⁉」

　すらりとした指が、ストッキング越しに私のくるぶしへ触れる。そのとたん全身に微弱な電流が走った。

　ぞくり、というなんともいえない疼《うず》きに、私はとっさに社長の腕に手を突っ張る。

　だけど社長は私の力なんてものともせずに、パンプスを脱がせてしまった。

「これで楽になっただろう。シャワーを浴びるか。それとももう寝るか？」

　足は楽でも、別の場所が楽じゃない。主に心臓が。

　しかも、寝る場所を借りるだけじゃなくてシャワーまでなんて、図々しい気がする……でも汗臭いままなのも恥ずかしいし。

「じゃあ、シャワーをお借りできます……かっ？」

おそるおそる告げるやいなや、目を丸くするまもなく社長にふたたび横抱きにされる。

混乱が過ぎて、もうなにがなんだかわからない。

「社長、歩けますって！」

「わかった」

「わかってくださったなら、降ろしてください！」

「シャワーはこっちだ」

社長は私の訴えを聞き流して、まるでホテルのスイートルームのような廊下を進む。

モダンなデザインが洗練されたドレッシングルームの扉を開けてようやく、私の足が床についた。

社長が作りつけの棚からタオルと清潔な着替えを取り出す。

「バスルームは隣だ。服はコンシェルジュに言って適当に届けさせる。それまで悪いが俺の服を使ってくれ」

展開についていけない。目を白黒させるうちに、パタンと扉が閉まる音がして私はドレッシングルームにひとり残された。

「どうしよう……」

渡されたタオル類を抱きしめて床にへたりこむ。

でも、ここでぼうっとして社長を待たせるわけにもいかず。

私ははっとして、あたふたとバスルームに向かった。


コンシェルジュが手配してくれたという新しい女性物の下着を身につけるのは、恥ずかしいやら恐れ多いやらでどうにかなりそうだった。

だけど、社長の部屋着らしい長袖《そで》スウェットに袖を通す羞恥と申し訳なさに比べたら、まだましだったと思う。

ショートパンツも借りたけれど、こちらは私が着るとほとんど九分丈。社長の足の長さを思い知った……なんて、そんなことより。

迷惑をかけどおしで、社長になんて思われたか……。

私はそそくさと髪を乾かして社長と替わると、広々としたリビングにおそるおそる足を踏み入れた。

リビングはヴィンテージ家具がいい味わいを出す、居心地のよさそうな空間だった。

床には無垢材《むくざい》が貼られ、古きよき時代を感じさせるような革張りのソファと、軽やかさのあるローテーブルの組み合わせのバランスが絶妙だ。白い壁に駆けられたテレビも、家具の調和を壊さない工夫がされている。

チェストの上には置き時計や腕時計の数々が飾られ、ローテーブルには業界誌が積まれている。

ほどほどに雑然として、包みこむようなあたたかみもある。

理知的で感情を波立たせない印象の人だから、てっきり部屋の色彩もモノトーンのようなクールな感じを想像していたけれど。

ひょっとすると、このあたたかみが社長の本質なのかもしれない。たまに見える優しい表情とおなじで。……って、なに考えてるの。

シャワーを終えた社長が、ラフな部屋着姿で戻ってくる。職場で見るよりも色気の増した姿に思わず目を伏せると、ついてくるよう言われた。

案内された寝室はリビング同様、ぬくもりの感じられる部屋だった。

部屋の中央には落ち着いた色調のクイーンサイズのベッドが一台。その横のサイドテーブルには、フロアライトからのやわらかい光が広がっている。

「ここで寝るといい。今夜はゆっくり休め」

言うなり、社長は寝室を出ていこうとする。私は慌ててふり返った。

「あのっ、社長は？」

「俺はリビングのソファを使う。だから気にせず使っていい」

「そんなのダメです！　疲れが溜まっておられるんですから、ベッドを使ってくださ
い。私はソファでも床でも大丈夫ですから」

「ひと晩くらい問題ない。君も早く寝たらどうだ？」

「社長がベッドで寝てくださるまで、寝ません。私に体調管理をしてくれとおっ
しゃったのは、社長じゃないですか」

お願いです、と社長が着るスウェットの部屋着の裾《すそ》を掴む。社長が眉を寄せた。

「では、夫婦らしく一緒に寝るか？」

「えっ……や、あの、私は、離婚をお願いして……」

無意識に裾を掴んでいた手を離すと、社長が「冗談だ」と苦笑した。今度こそ背を
向けてしまう。

どうしよう。このまま社長をソファに寝かせたら、秘書として失格だ。体調管理ど
ころか、社長の足を引っ張るだけなんて。

逡巡《しゅんじゅん》の末、私は意を決して言った。

「あのっ……じゃあ、わかりました。今日だけは……夫婦らしくでも、いいです」

社長がふり返る。反射的に目を逸らしそうになったけれど、こらえた。一緒に寝

たって、社長となにか起きるはずがない。

それでも、じわりと耳元が熱くなるのは止められなかったけれど。

「わかった」

乱れたままの鼓動をどうすることもできないまま寝室に戻ると、社長はクイーンサイズのベッドの掛け布団をめくり、ためらいなく体を横たえた。

これで社長の疲れも取れるよね。

だけどいざひとり残されると、扉の内側で突っ立ってしまった。足を一歩前に出すのは、ひどく勇気が要る。

「別になにもしないから、安心してくれ」

寝ようとしない私に焦《じ》れたのか、それとも呆れたのか。ベッドの端で壁を向いたままの社長がぽつりとつぶやく。

変に意識しているのに気付かれたみたいで、恥ずかしい。

私は「失礼します」と断ると、反対側からぎくしゃくとベッドに上がった。

「あの……社長、ありがとうございます。それから、ご迷惑をおかけしてすみません」

「君はこれまで、あまり人に甘えてこなかったのか？　ひと晩寝る場所を貸すくらいで、そんなに恐縮しなくていい。上司である前に、俺は君の夫だ」

素っ気ないのに、どこか胸に優しく触れるものがある。社長がもぞもぞと動く気配がした。

「こっちを向いてくれ、知沙」

「っ、社長」

名前を呼ばれると、考えるより先に従ってしまう。

それは上司だからだとか命令口調だからという理由ではなくて、私を呼ぶ社長の声が耳朶《じだ》をやわらかく撫でるせい。

ドキドキしながら反対側を向くと、鋭くも穏やかな視線とぶつかった。

社長が手を伸ばしてくる。

「っ……」

思わず、息をつめた。

洗いざらしの髪を硬い手がすくう。

社長の息遣いを耳が拾ったとたん、その場所から熱を帯びていく。

吸いこまれるような目から逃げられない。

「たまには甘えてみればいい。俺が受け止める」

心臓がひと跳ねして、私は布団の下でぎゅっと両手を握り合わせる。

「社長が……？　そこまで部下のためになさらなくても……っ」

心なしか甘さを覗かせた社長が、私の髪を指先でもてあそぶ。

「夫婦だから、問題はないだろう」

それは今だけで、社長のためにも離婚を認めてほしいんです。なんて、言える雰囲気じゃなかった。熱っぽい目は真剣だった。

言い含めるような口調は優しくて、ふしぎと反論の言葉も出ない。だけど、どうしてと言葉にならない疑問が頭をぐるぐる回る。

社長が私の髪を離す。こちらを向いたまま、片肘をついて頭を起こした。

深い色合いの目が細められ、端整な顔が近づいてくる。思わず目を閉じた。

心臓が早鐘を打つ。

このまま、社長の視線にからめ取られたら――。

「……っ」

ふ、と苦笑にも似たやわらかな吐息に睫毛《まつげ》が震える。目を開けたときにはもう、社長の顔は離れていた。

「おやすみ」

混乱する私を置いて、社長は何事もなかったかのように寝息を立て始める。

さっきの表情は、なんだったの……？

聞きたかったけれど、聞けない。ほんの一瞬、切ないほどの熱情を感じた気がしたのに。

＊

「……しくじった」

週が明けた月曜日。自席で作業中の知沙をガラス越しに見ながらぼやくと、ソファの向かいで書類を確認していた深行が「なんだ？」と顔を上げた。深行は進行中の契約手続きの件で、俺の元を訪れていた。

俺は調光ガラスのスイッチをオフにして、曇りガラスに切り替えた。こうしておけば、秘書に見られたくない機密性の高いやり取りも可能だ。

「離婚を切り出された」

「離婚もなにも、実質的には始まってもいないのに？　それは残念」

砕けた口調だが、ふたりだけだからかまわない。深行は中学の同級生だ。

女性に警戒心を抱かせない独特の雰囲気を持つ深行は、当時〝いい人〟であり〝恋愛対象外〟扱いをされていて、よく告白の仲立ちをさせられていた。

そうやって俺のところにも何度かお遣いとして来るうちに、女子そっちのけで親しくなったのだ。

大学ではお互い離れたが、深行が若手ながらやり手の弁護士として活躍しているのを知り、父である前社長に紹介した。以来、会社のこともプライベートでもなにかと頼りにしている。

「それで、嶺は応じたのか？」

「そんなわけないだろ。だが、彼女に嫌な思いをさせた……と思う」

俺のことばかり心配して自分のこととなると恐縮するだけの知沙に、気がつけば『甘えてみればいい』と口をついていた。

大きな目を驚きで丸くした知沙の顔がよみがえる。澄《す》んだ目だなと思った次の瞬間には、引き寄せられるように顔を近づけていた。

途中でわれに返らなければ、あるいはそのまま――。

思考がその先を続けそうになり、とっさに頭から振り払う。

形の上では夫婦でも、実際はただの上司と部下。

知沙があれから仕事以外では俺と目を合わせようとしないのも、離婚したがる知沙の内心を思えば当然だった。

「浮かない顔ってことは……彼女を好きになった？」

とっさに答えあぐねる。そうなのだろうか。自分で心の内を探る。

思えば、最初に心が動いたのは……初対面の日だった。

＊

三年前の四月。

墓参りを終えて知沙と彼女の弟と近くのカフェに場所を移した帰りだった。

俺たちは、休日の夕方らしく人でごった返す駅の改札を抜けた。俺自身は迎えの車で空港から香港支社にとんぼ帰りする予定だったが、知沙たちを見送るためだ。

弟の昴君は、母子三人で暮らしていたアパートを出て、祖父母の家を改築したという学生専用のシェアハウスの一室を借りていた。そちらのほうが大学に近かったかららしい。そのため知沙は、アパートにひとりで住んでいた。

先に昴君を見送ったあと、俺は知沙と別の路線のホームに向かった。

『今日はお忙しい中来てくださって、ありがとうございました』

ホームに降りる階段で、知沙は深くお辞儀をした。丁寧な仕草だった。

顔を上げた知沙はそこでなにかを思い出したかのように、ベージュのショルダーバッグをごそごそと探り始めた。やけに大きなバッグだ。

『これ……よかったらどうぞ』

白地にクローバーの絵が小さく描かれた、よくあるペットボトルとおなじサイズの水筒を差し出される。

意図がわからず、俺はやや少女めいた柄の水筒に目を落とした。

『リラックス効果があるハーブティーです。あとは、アイマスクもどうぞよかったら。気持ちいいですよ。そうだ、カイロも使いませんか？　お腹をあたためるのも、よい睡眠には効果的らしくて――』

大きなバッグからは、なぜそんなものを持ち歩いているのかと首をかしげたくなるものが次々と取り出される。

唖然としていると、知沙は『あっ』とわれに返った様子で早口になった。

『すみません……っ。激務のあいだを縫って、この用事のためだけに帰国してくださるとうかがったものですから。せめて疲れの取れるお茶をフライト前にと思って用意したんですけど……よけいなお世話でしたよね』

知沙が気恥ずかしそうに水筒とアイマスクを下げようとしたので、俺はそうはさせまいとふたつを取りあげた。

『いや、いただくよ』

『えっ？　あの……いいんですか？　ご無理は……』

『無理じゃない』

『じゃあ……どうぞ。そのお茶、安眠をうながす作用もありますから、たっぷり飲んで少しでも眠ってくださいね』

知沙が自身の目元を指して言う。その洞察力に驚いた。隈《くま》はできていなかったはずだが、違和感があったのだろう。

誰にも気付かれなかったのに、ろくに眠れていないことに気付かれるとは。

香港支社は立ちあげこそできたものの、日本とは異なる商習慣と労働に対する姿勢の違いもあり、順調とはほど遠かった。休暇を取る余裕もない。

しかし支社長という立場では、弱音は吐けなかった。

『仕事の進捗は気にされても、俺自身を気にかけられたのは初めてだ』

『じゃあ……少なくともひとりはこれからも支社長を気にかけていることを、覚えていてください』

知沙が泣きそうに顔を歪めたと思ったら、やわらかく綻ばせた。笑みが咲く。

とっさに声をかけようとして、俺らしくもなく言葉に詰まった。

ただ、ホームへと階段を降りる知沙のうしろ姿を、目がいつまでも追いかけていた。

*

「――たしかに、あの日の彼女がずっと心の中にいたかもしれない」

形だけとはいえ知沙が妻でよかったと、あのあと受け取ったハーブティーを車の中で飲みながら安堵《あんど》したのを覚えている。

だが、あくまでも契約結婚。あのころは目の前の仕事に押し潰されないようにと必死で、形だけの妻を顧みる余裕はなかった。

慎重に言葉を選んだが、深行は納得がいかなかったようだ。

「そんな優しい目をしておいて、煮え切らないな。彼女が秘書グループにいてよかったと思うだろう？」

「……あれは驚いた」

深行はなにをどう根回ししたのか、雇用契約に先駆けて知沙を秘書グループに異動させていたのだ。

俺が忙しすぎて言う機会がなかったと深行はうそぶいたが、真意は知らない。激務続きで私的なメールひとつ打てないほど疲れ果てていたのは事実だったが。

香港赴任で疲弊《ひへい》しすり切れた心が無表情という形で表れただけだったが、いつのまにかその状態を超人だと褒めそやされるようになったのは余談だ。

ともあれ、あいにく顔合わせの際も知沙から異動の話は出なかった。だから、香港から戻り、知沙が秘書グループにいると知ったときの衝撃は大きかった。

だが、深行の言うとおり、知沙が秘書グループにいてくれてよかったと思う。でなければ社長交代で業務に忙殺されたこの時期に、知沙と接する時間など今以上に作れなかったに違いない。

深行が小さく笑い、テーブル上の書類を片づけ始める。

「顧問弁護士の立場からひとつアドバイスすると、実態はどうあれ羽澄さんは法的に嶺のものだ。どう、安心した？」

「わかっている」と、俺が口を開く前に深行が続けた。

「だけど羽澄さんの心に執着《しゅうちゃく》するなら、紙切れの上であぐらをかいている場合じゃない。距離を近づける努力が必要だよ」

「執着か……」

離婚をする気などない。

あのころと変わらず俺のことばかり気にかける。そんな知沙の本質に触れておいて、手放せるわけがない。

それを執着というのなら、俺はとっくに知沙に執着している。

＊

社長と私のあいだを遮る曇りガラスがパッと透明に切り替わる。

打ち合わせは終わったらしい。奥に続く扉を開けると、不破さんが満足そうにして出てきた。

「コーヒー、ありがとう。また来るよ。そうだ、今度一緒に夕食でもどう？」

「深行、人の妻を口説くな」

「嶺も含めて三人でというつもりだったんだけど、嶺は意外と心が狭いな」

笑って帰る不破さんを、社長が渋い顔で見送る。気を許した相手だからこそ見せる表情だ。

〝妻〟と言われたことに困惑しながらも見入っていると、社長が私をふり向いた。

「話がある。奥、いいか」

「はい」とうなずき、奥の部屋に戻った社長に続く。不破さんに出したコーヒーカップもそのままに、応接セットに座るよう勧められた。

「手短に話そう。君の住む社員寮は単身者用だったな」

ぎくりと肩が強張った。母と住んでいたアパートを引き払ったあと、私はこの三年間、夫が海外赴任中という理由で、特別に社員寮に住むのを許可されていた。

けれど社長が戻ったのを機に、そういうわけにもいかなくなった。

私たちの事情を唯一知り、私の給与厚生関連の手続きを一手に引き受けてくれているる総務部長から、それとなく退居を求められていたのだ。

「部屋はすぐ見つけます。ですから、もう少しだけ待ってもらえないでしょうか……？」

家賃補助がある社員寮と異なり、マンション暮らしの場合は補助が下りない。

家賃の安いマンションを探そうにも会社の近くにはなく、かといって通勤に片道一時間半かかる場所では秘書の仕事に障る。

頭を抱えるしかなかったけれど、引き延ばすのにも限度がある。会社にも散々、迷惑をかけてしまった。

「離婚さえしていただければ、社員寮を出なくてすむのですが……」

「離婚はしない」

きっぱりと撥《は》ねつけられ、悄然《しょうぜん》とため息をつきそうになるのを飲みこむ。

「そういうわけだから、早く引っ越すように」

「……はい」

知らず声が沈む。

「君も先日見たとおり部屋は余っているから、荷物は丸ごと持ってきていい。手配は任せるが、なんなら総務部長に手配させてもいい」

……え？

「待ってください。部屋が余っているって、なんのことですか？」

「俺の家に決まってるだろ。日取りが決まったら教えてくれ。予定を空ける」

え、え？

「私が社長の家に住むんですか⁉　なんで……？」

「夫婦だろ。ほかに理由が？」

「でもそれは契約だけで、それ以上の関係じゃありませんし……！」

「君の言うとおりではあるが、帰国したのに妻と一緒に住まないのはなぜかと、親族からも疑問視する声が上がっていた。俺としても、君がいてくれたほうが助かる」

「あ……そうですよね」

派手に騒ぎ立てていた心が、平静を取り戻していく。

私の側を考えても、もし弟に私がずっと社員寮に住んでいることが知られたら追及されるに違いない。

お互いに、一緒に住むほうが都合がいい。それだけ。

なぜかかすかな痛みが胸の奥に生まれた気がしたけれど、私はそれを無視した。

「わかりました。では離婚するまでのあいだ、お世話になります。それから……手を差し伸べてくださって、ありがとうございます」

「ふっ……」

あれ？　今、ひょっとして笑った？

「なんですか？」

「いや、ほかに俺にできることがあれば教えてくれ。遠慮はいらない」

困惑と混乱で眉を下げた私と反対に、なぜか社長は気分がよさそうだった。

三章　思いがけない新婚生活

五月ももう終わるという汗ばむ陽気の土曜日の昼に、私はおっかなびっくり社長の部屋を訪ねた。

引っ越し業者はすでに到着していたようだ。開け放された玄関は養生されており、中から社長と業者の声が聞こえてくる。

玄関で声を張ると、社長が迎えに出てきた。

「社長、遅くなりました。本日よりお世話になります」

社長はシンプルな白のカットソーに細身の黒パンツというラフな格好だ。

先日、ひと晩泊めてもらったときはスウェットだったけれど、それとはまた別のゆるさがある。

職場でかっちりしたスーツ姿を見慣れているだけに、なんだか新鮮。

むしろ適度に力の抜けた感じが、逆に男性としての色気を醸し出している。薄い布越しでも、引きしまった体格がわかるからかも。

つまりは、私の目には毒だということ。

「堅苦しい挨拶はいい。荷物がずいぶん少なかったが、あれだけなのか？　運びこみはほぼ終わったところだ」

スニーカーを脱いであちこちに養生された廊下を進む。社長の言うとおり、開け放たれた一室には私の荷物が運びこまれていた。

社長の寝室の隣が私の部屋らしい。チラッと部屋の並びを確認して、そわそわしてしまう。

私は、腰下まであるゆったりとしたラベンダー色のフーディーの袖をすごすごと下ろした。作業をするつもりでまくりあげていたのだけれど。

作業しやすいようにとジーンズを履いてきてもいたが、私の出番はほとんどないみたいだ。

「食器類は、この吊り戸棚に。洋服はそこの部屋のクローゼットに収めてくれ」

業者は梱包から開梱まで請け負《う》ってくれるという。至れり尽くせりだ。

リビングや私のために空けてくれたらしい部屋をぐるりと見た私は、ふと気付いて首をかしげた。

「私のベッドが見当たらないのですが……」

「ああ、あれは処分させることにした」

「えっ、なぜですか⁉」

「二台も要らないだろう。俺はあのベッドを持て余している。知沙とふたりでちょうどいい」

「ふたりで寝るなんてとんでもないです」

「そうなのか？　なぜ？」

純粋な疑問を口にしただけという口調に、私はかえってうろたえた。

「なぜって当然じゃないですか。社長と秘書が一緒にだなんてコンプライアンス的にも……」

「──夫婦」

甘い響きで耳打ちされ、息が止まった。

「だろ？　事実を捻じ曲げてはいけない」

「そうですけどそれは今だけで、私は離婚してくださいと何度も──」

「君は、やはり俺を受け入れられないか」

「っ……そんなわけ、ないです」

社長は、私がいちばん苦しかったときに助けてくれた人。私は勢いよくかぶりを振る。

「そうか、まだ救いはあるようでよかった。ベッドの件は、君と一緒なら眠れるようになるかと思ったのもあった。寝付けない日が続いていてな。……悪い、こんなことを言うつもりはなかった。君の前だとつい、気がゆるんでしまうみたいだ」

社長は自嘲《じちょう》気味に笑ってから、表情を引きしめた。

「しかし夫婦とはいえ、ひとつのベッドはまずかったな。やはり君の分のベッドは戻そう、業者を呼ぶ」

「あああの！」

踵を返しかけた社長を、とっさに呼び止める。

「そういう理由なら……私は、かまいませんから。私のベッドは、処分してください」

「いいのか？」

「いいです、今はまだ夫婦……ですし」

ふり返った社長はなぜか意味ありげな笑みを浮かべたけれど、その理由まで考える余裕がないまま、私は心を決める。

そう、これは社長の体調管理のためなんだから、変に意識しなければいいだけ。

「……ありがとう。ならもう一点つけ加えたいんだが、知沙の態度には少々問題があると思わないか？」

心持ち、社長の声は先ほどより明るいような。気のせいかな。

「すみません、すぐ改めます。でもなにが……？」

「夫を社長とは呼ばない。名前で呼んでくれ」

そんな……！

社長は社長であって社長以外の何者でもない。お、夫だなんて実態もないし。

「まさかとは思うが、俺の名前は？」

「存じております！」

「よかった。妻に忘れられるのはキツい」

社長が顔を曇らせる。その意外な表情にドキッとしたあとで、私は首をかしげた。

「もしかして、私をからかっておられます？」

「心外だな。ただ俺は名前を呼ばれたいだけなんだが」

だけど口調と裏腹に、社長はふっと口元をゆるめる。確信犯だ。

「さっきのも、わざとですか？　ほんとうは寝付けないなんてことはなくて……」

「あれは事実だ。ただ、君の反応が愉《たの》しかったからつい、今のは調子に乗った」

「……社長がそんな方だなんて知りませんでした」

これが年上の男性、しかも上司の余裕というやつなのかな。私ばかり焦っていると思うと、恨みがましい目で見てしまう。

「俺も、知沙がそんなかわいい反応をするのは知らなかった。早く名前を呼ばれたいものだな」

社長のほうを向くと、目が笑っている。

「嶺さん、それ以上からかったら出ていきますからね」

「……」

「嶺さん？」

せっかく名前を呼んだのに無反応。これでも勇気を出したのに。

あれ、と思って顔をのぞきこもうとしたら、社長……じゃなくて嶺さんは片手で顔を覆ってしまった。

「嶺さん、嶺さん？　あの、恥ずかしい思いを我慢して呼んだんですから、せめて顔を見せてください。れ、んっ……」

もう一度呼ぼうとしたけれど、嶺さんの手に口を塞《ふさ》がれるほうが早かった。

「知沙、君に呼ばれると俺は色々危ない」

諭《さと》すような口調ながら、どうしてか熱がにじんだ目で見つめられる。塞がれた唇には、硬い手のひらの感触。

どうしよう。じわじわと顔に熱が上ってくる。早く離して……！

私は半分涙目で嶺さんを見あげた。

「……っ、知沙、君は……」

嶺さんが虚をつかれたふうに息をのむ。

そのときだった。

「――すみませーん、作業終わりました。確認お願いしまーす」

業者の若いお兄さんたちの声に、私たちは弾かれたように体を離した。

聞けば、嶺さんの家には週三日でハウスキーパーが入るという。

掃除や洗濯をどうするか尋ねると、なにもしなくていいという返答が返ってきて面食らった。

「ゴミは各階に収集場所がある。二十四時間、いつでも捨てていい。生ごみはシンクにディスポーザーがついているから、外に出す必要はない」

「なんて楽ちんな……！」

「クリーニングは上層階用のコンシェルジュに頼めば、二日後には戻ってくる。ジムは地階、ラウンジとワーキングスペースは一、二階だ。クリニックは五階から六階にすべて入っている。夜中でもやっているから便利だ」

「天国ですね……」

「そこまで大げさな感想は初めて聞いた」

嶺さんがふっと笑う。私はどうもこの笑顔に弱い。

職場では決して見られないからなのか、それとも嶺さんが笑った瞬間に目がすっとやわらかく細められるのをいいなと思うからなのか。

「知沙？」

「あ、すみません。社長になるとこんな特典がつくのかとしみじみ考えていました」

嶺さんがまた笑う。ツボに嵌《は》まったらしい。

私から見ると別世界にしか見えないのだけど、認識が違うんだろうな。

「特典だと思ったことはないが、今日はそうだな。特典がついた」

「なにかありましたっけ？」

引っ越し作業が楽だったとか？

振り返って考えるけれど、思い当たる点がなくて嶺さんを見あげる。細めた目が私をまっすぐ見おろしていて、私はなぜかいたたまれずに目を逸らした。

「あ……えっと、食器はどこに仕舞ってくださったんでしょうか」

視線に耐えきれず話題を逸らすと、嶺さんがキッチンに案内してくれた。

広くて開放的なアイランドキッチンは、整然と物が片付けられていて使いやすそうだ。ぬくもりを感じられる色使いも好ましい。

嶺さんは視線だけで私に近づくようながすと、壁側に並んだ吊り戸棚のひとつをひょいと開けた。

「君が寮から持ってきた食器類は、いったんここに収納した。だが、あとで別の場所に入れ直そう。悪い」

嶺さんが申し訳なさそうにする。ふしぎに思いかけ、私の身長では上の段に届かないことに気付いたのだと知る。

「台に乗れば届きますし、このままで大丈夫です」

「いや、怪我をする危険がある。移動させるから……しかし、俺と知沙で食器がバラバラなのはいただけない。買いにいくか」

「えっ、使えますよ⁉」

「そういう問題じゃない。揃いの食器を用意するのはQOLを上げるのに必要だ」

クオリティ・オブ・ライフ……だっけ？

上がるとしても、それは一緒に食べる前提での話では？

ひょっとして嶺さんは、私と一緒に食事をしたいとか？

混乱してきた私に、嶺さんは機嫌をよくした顔で言った。

「外出の用意をするといい。今から買いに行こう」


困った。嶺さんの隣を歩くための服がない。

私はあてがわれた自室に飛びこむと、これだけでひと部屋ありそうなウォークインクローゼットを開けた。

なにを着たらいい？

引っ越し作業用の服装では、社長と秘書に見えないのはまだしも、夫婦どころか兄妹にしか見えなそう。

ただでさえ童顔なのに、あんなに秀麗《しゅうれい》な容姿をした人と並んだら……つくづく、私は嶺さんの妻と呼べるだけのものを持っていないのを思い知らされる。

でも、落ちこんだところでなにも始まらない。

私は積みあげられたカラーボックスから、中身を引っ張り出しては体に当てる。

嶺さんに釣り合わないとしても、せめて隣に立っても恥ずかしくない格好は……。

勢いで開けたカラーボックスのひとつを覗きこんだ瞬間、私は顔を強張らせた。

伯父さんが送ってきたワンピースの数々。捨てたかったのに、捨てるつもりだったのに……伯父さんになにを言われるかと思うと捨てられなかった。

でもこれだけはダメ、嶺さんの前で着たくない。

私はカラーボックスをクローゼットのいちばん端に寄せる。

こうなったら無難にいくしかない。職場でシャツの上に羽織る薄手のパウダーブルーのカーディガンのボタンを閉じ、これも派遣社員のときに総務部で着ていたベージュのタイトスカートを合わせる。

クローゼットに備えつけられた姿見で、通勤時と代わり映えのしない服装に地味に落ちこむ。けれど嶺さんを待たせるわけにもいかない。

急いでリビングに戻った。


嶺さんは爽やかなコットンジャケットを羽織っていた。

肘までまくった袖から覗く腕に、色気を感じる。素材がいいとなにを着ても様になるなと、あらためて思う。

ふたりで向かったのは、都内にあるセンスのよいアンティーク風の家具と雑貨を扱った店だ。

「食器以外にもほしいものがあれば買えばいい」

そう言われてもよけいなものを買うお金はないけれど、様々なデザイン照明が吊り下げられた明るい店内は、眺めるだけであっというまに時間が経つ。どの商品もセンスとぬくもりが感じられて、自然と笑顔になる。

――あ、これかわいい。

マーブル模様が入った乳白色のマグカップを手に取る。

カップは素朴な風合いをしていて、容量が大きいからたっぷりと飲めるのがいい。適度に持ち重りのするところも安定感がある。

食器なんてそれこそ百均でも手に入るけれど、これは長く大切にしたい感じ。

でも今のままでも困ることはないし、などと悩んでいるといつのまにか嶺さんが隣に来ていた。

「一品ものか。どれも微妙に柄の出方が違って味わいがあるな」

「ですよね。まったくおなじじゃなくて、絶妙に不揃いになるのがかわいいです。個性があって」

私が気に入ったものを嶺さんも気に入ったと思うと、声が弾む。流れでどの柄が好きかと訊かれたので、私は真剣に吟味《ぎんみ》してひとつ選んだ。

「わかった。なら俺はこれにしよう」

「えっ？」

嶺さんはおなじ一品ものからもうひとつマグカップを選ぶと、私が選んだものと合わせて買い物カゴに入れてしまった。

しかも私が止めるまもなく、おなじシリーズのお皿もカゴに入れる。

たしかに、お皿も揃えたらかわいいとは思ったけれど……！

その後も嶺さんは私がいいなと口にしたものを、値札も見ずに片っ端からカゴに入れていった。

お店の商品をすべて買い占めかねない勢い。

「ほかにはないか？」

「ないです、まったく！」

出費を思って内心ヒヤヒヤしたけれど、嶺さんは当然かのようにお会計を終えてしまった。

荷物はすべてその日のうちに配送されるそうで、お店を出る。

「こちらから店舗に足を運ぶのは久しぶりだ。いい気晴らしになったな」

「いつもはどうやって買い物を？」

「あちらからサンプルを見せに来るんだ。それを元に買う。楽ではあるが味気ない」

嶺さんは言葉のとおり楽しそうで、私もようやく楽しさがこみあげてきた。

買い物中は純粋に楽しむというより、金額にヒヤヒヤする気持ちのほうが大きかったのだ。

「誰かとお買い物にいくのはずいぶん久しぶりで、ドキドキしましたけど……嬉しかったです。ありがとうございます」

「ほかにほしいものは？」

え、と顔を上げると真剣な様子の嶺さんと目が合った。

「な、ないです！　ちっとも。もうじゅうぶん買っていただきましたから」

「……そうか」

嶺さんの視線がわずかに下がる。今気付いたけれど、私はこの表情にも弱いかもしれない。

もしかして、なにかねだったほうがよかったのかな。ううん、そんなわけ……。

「そうだ。よければ、なんですが」

ひとつだけ、憧れていたことがある。社員寮では難しかったこと。

おそるおそる口にすると、嶺さんははっとするほど優しい顔で小さく笑った。

引っ越しには蕎麦《そば》だという嶺さんの提案で、夕食を彼の行きつけのお店でいただいてから家に戻った。

シャワーを浴びて、リビングに戻る。嶺さんは寝室に下がったようだ。私はそっと窓際へ近づいた。

丸い葉っぱが互いちがいについたような形のオープンシェルフには、手のひらよりもひと回り大きなサイズの鉢植えが飾られている。頬がゆるんだ。

――ハーブを育ててみたいんです。

雑貨屋の帰り、ほしいものを訊かれて口から出たのがそれだった。

社員寮は残念ながら日当たりが悪く、日当たりに左右されにくい品種ですら育ちが悪かった。だからずっと憧れていたのだ。

「瑞々《みずみず》しくて、かわいい……」

アップルミントのちんまりとした葉っぱは、見るだけで癒される。自然とにこにこしてしまう。

ここなら南東向きで日当たりは申し分ない。すくすく育ちそう。

思いついて、私はダイニングテーブルからスマホを取ってくると、ハーブたちの写真を撮った。あとで壁紙にしよう。

生花や観葉植物もふんだんにディスプレイされた花屋で、私は小さな花器に植えられたハーブをいくつか、買ってもらったのだった。

それにしてもかわいいな。永遠に見ていられる。

「また見ていたのか？　なかなか来ないからどうしたのかと思っていた」

背後から声がして、私は嶺さんを振り返った。待たせてしまっていたらしい。

「すみません。嬉しくてつい、眺めていました」

「それほど喜んでくれるなら、ここにサンルームを作ってもいいくらいだな。……しかし女性は花を喜ぶのかと思っていたが、そんな苗でも楽しいものなのか」

サンルーム云々《うんぬん》は冗談だろう。真に受けるのは変な気がして、あとの話にだけ返答した。

「生花も好きですけど数日で枯れてしまいますし、刹那《せつな》的じゃないですか。こっちのほうが長く楽しめ……」

言いながらハッとして、私は顔を歪めた。なにを言ってるんだろう。

離婚したいと言い出したのは私。この結婚が書類上だけのものだと、誰より知っているのも私。

なのにここで。嶺さんのそばで、いつまで楽しむつもりなの？

憧れていたことが叶って、気がゆるんだのかもしれない。こっそり気を引きしめた私には気付かず、嶺さんは「なるほど」と言った。

「その考えには同意する。時を重ねる楽しみがある」

「うちの時計と一緒ですね」

東堂時計の腕時計は、長く使えるデザインのものが多い。ずっと正確な時を刻み続けるための技術のたしかさは言わずもがな。

嶺さんがふいを突かれたみたいに目をまたたかせた。

「時計と植物の共通点か、興味深い。普段は控えめだから気付かれないだけで、知沙は俺にない視点を持っているんだな。これからもっと教えてくれ」

思いもかけないひと言に反応できず、息をのんだ。

うなじの辺りがそわつく。

嶺さんは、私が私であるというだけで、私を認めてくれるの……？

それはなにを買い与えられるよりも、私の中のずっと深い場所に響いた。

「湯冷めしてしまいますね。ね……寝ましょうか」

急にぎこちなく話を逸らしてしまったけれど、嶺さんは気付かなかったようだ。

ほっとしつつ寝室に戻る。だけどこれはこれで緊張してきた。

私が入り口で固まるのをよそに、嶺さんは前回と同様にベッドの端に横たわる。

とにかく、なるはやでルームウェアを買い直さなきゃ。伸びきったTシャツを着ている場合じゃないことだけはわかる。

ベッドにいるというだけで、嶺さんからにじみ出る色気が二割り増しに見えるのは気のせい？

平静になろうと胸を手で押さえるけれど、鼓動は速まるばかり。

とうとう焦れたのか、嶺さんが肘をついて私を見あげた。

「やはり、無理か？」

「いえっ。でもあの……その訊きかたはずるいです」

「君よりは年上だからな。ずるい手も使う」

嶺さんは悪びれずに笑うと、もう一度私に来るよう指示する。

ろくな反論も思い浮かばず、私はぎくしゃくと足を動かして嶺さんと反対側からベッドに入った。

よし決めた。すぐ寝よう。

目を閉じてしまえば乗り切れる。

「今日はなにからなにまで、ありがとうございました。ゆっくり休んでくださいね。

「じゃあ……おやすみなさい」

布団を深く被って声を裏返らせると、布団越しに嶺さんの抑えた笑い声が響いた。

「おやすみ、知沙」

鼓動が甘やかな音を立てる。まだ同居を始めた初日だけど、気付いたことがふたつもあった。

ひとつ目は、嶺さんは本気で私を受け止める気でいてくれるらしいこと。

そしてふたつ目。嶺さんが笑ってくれると──なんだか、たまらなくなること。

深夜二時を回ったころだと思う。

寝室の扉が閉まる気配がして、私は目が覚めた。寝返りを打って嶺さんのほうを向くけれど、嶺さんはいなかった。

少しすれば戻ってくるかな。

なんとなく落ち着かない気分で嶺さんの戻りを待つけれど、戻る気配がない。気になってベッドから出てリビングに行くも、そこにも嶺さんの姿はなかった。

ふと気付いて嶺さんの書斎を軽くノックする。

「知沙?」

「嶺さん、こちらにいらしたんですか。入っていいですか？」

言い終えると同時に中から扉が開いて、嶺さんが顔を出した。

「起こしたか。すまない」

「お仕事ですか？」

「やっておきたいことがあってな。寝付けなかったから、ちょうどよかった」

中に招き入れられ、私は書斎を見渡した。広々とした机の上でパソコンのマルチディスプレイが煌々《こうこう》と光っている。

びっしりと専門書の並べられた、天井までの高さの本棚も目を引く。専門書やマーケティング関連の本などは机の端にも積まれている。

職場では嶺さんはなんでも平然とこなす超人だと思われているけれど、ほんとうは努力家だ。それを顔に出さないだけで……。

本棚はちょうど私の目の高さくらいの一段だけ、東堂時計が過去に売り出した腕時計が飾られていて、なんだかそんなことで口元が綻ぶ。

けれどさりげなく告げられたさっきの言葉が引っかかった。

「寝付けなかったって……」

たしかに、そんな日が続いているとは聞いたけれど、目の当たりにすると心配が膨らむ。

嶺さんは私と一緒なら眠れるかもしれないと話したけれど、私のせいでかえって眠りが浅くなったとしたら……。

「気にしないでくれ。慣れているし、今日は君のおかげでこれまでよりは眠れたほうだ。だが起こしてしまうなら、先に言えばよかったな」

嶺さんが、眉を寄せた私を書斎の椅子に座らせる。それから机に手をついてパソコンの電源を落とした。

「香港時代からか。ショートスリーパーでもないんだが、三時間ほどで目が覚める。せっかく起きたなら有意義に使うべきだろう。それで仕事をするようになった。朝方にはまた眠る」

なんでもないことのように言うけれど、私はますます眉を寄せてしまった。そんなの、疲れが取れないと思う。

現に、三時間は寝ていると言いながら、今も嶺さんの顔色は冴《さ》えない。

「嶺さん、私……たとえ仮とはいえ、このまま妻でいるわけにはいかないと思うんです」

「またその話か。俺は離婚しないと――」

「違います」と私は椅子から立った。

「今すぐ離婚していただけないのはわかっています。でも、だからってこのまま、家事もハウスキーパーさんにお任せして、戸籍の上でだけ妻でいるのは気が引けます。だから、嶺さんが安眠するためのお手伝いをします」

われながらいいアイデアだ。

隣で眠るだけで嶺さんの体調を改善できる……なんて本気にしていたわけじゃないけれど、せっかくだから、ただ一緒にいるだけよりもなにかしたい。

体調管理をしてくれればいいと言われたことでもあるし。

「ちょっと待っててください」

私は嶺さんを椅子に座らせてキッチンに戻り、誰にともなく「失礼します」と断って、社員寮から持ってきたハーブティーを淹れる。

きっとこれも、これから育てていくハーブを摘めば、もっと美味しく淹れられるはず。

湯気の立つカップを持って、嶺さんの書斎に戻る。

「リラックス効果のあるハーブティーです。どうぞ」

驚いた様子の嶺さんにカップを渡す。嶺さんが口をつけたのを見て、ほっとした。

「……昔とおなじ味だな。うまい」

「覚えていらしたんですか？」

「もちろんだ」

嶺さんの表情がやわらいで、会社では見られない顔がのぞく。少しはリラックスしてくれたかな。

それにしても、三年も前のことを覚えてくれているとは思わなかった。

「君は俺の中で凝り固まっていた視点も、余分な力も解いてくれる」

そう笑う嶺さんの言葉にこそ、人の心をほぐす力がある。甘やかな気持ちにする力も。この人はそのことを知っているだろうか。

ああもう、また……たまらなくなる。

「明日も、用意しますね」

胸の奥底から静かにこみあげてくる気持ちの正体を掴めないまま、私は笑った。

眠りにつく前には、嶺さんにハーブティーを差し入れする。そんなささやかな習慣が始まった。

といっても、のんびり話しながらお茶を飲むことができる日はまれだ。

新しい生活を始めて十日ほどになるけれど、書斎にこもる嶺さんに差し入れするだけの日のほうが多い。

「おかえりなさい、嶺さん」

スマホに表示された【今から帰る】のメッセージから約二十分が経った夜更け。指紋認証によるロックが外れる電子音がして廊下に出ると、玄関で靴を脱いだ嶺さんが早くもネクタイの結び目に指をかけていた。

つい見入ってしまう。嶺さんは、ちょっとした動作が様になる。

「ただいま。君に出迎えられると妙な気分になるな」

「会社でも嶺さんがお戻りの際は『おかえりなさい』ですし、仕事の気分が抜けませんよね」

「いや。帰宅するたびに、妻がいるというのはいいものだと思う自分に驚くんだ」

「そ……うですか」

かあっと顔が熱くなった。飾り気がない言葉の分、胸を直撃されてしまう。

しかも嶺さん自身は涼しい顔だから困る。無自覚な人たらしは罪だ。

だけど今日の嶺さんは、いつもより疲労が濃い気がする。

「ひょっとして、お食事もまだですか？」

「ああ……よくわかったな。急な用件が入って食べ損ねた」

「でしたら、なにか胃に優しいものを作ります。すぐできますから、先にお風呂どうぞ」

「君が作ってくれるのか？」

嶺さんが意外そうにする。出すぎた真似だったかな。

「すみません。よけいなお世話だったら……」

「いや。ありがとう」

切れ長の目がやわらかくなる。私はほっとして、バスルームに向かう嶺さんと別れてキッチンに入った。

今日も嶺さんは働き詰めだったな、とスケジュールを思い返して口元がへの字になる。

朝は運転手が迎えに来るので、私も一緒に乗せてもらっている。そうすれば、車内でその日の予定を打ち合わせることができるからだ。

だけど出社すればたちまち嶺さんは会議が続く。合間に来客対応をして、お昼はビジネスランチ。

午前は時差の関係でたいてい海外とのｗｅｂ会議なので、社内の会議は主に午後だ。

ほかにもプレス対応、取引先との打ち合わせ、直営店やデパートの中で展開する店舗の視察などと息つく暇もない。

今年は創業七十周年を迎えるため、各種イベントの準備も加わる。そのすべてに責任を負うのだから、心労も計り知れない。

出汁の優しい香りがキッチンに満ちて、嶺さんがお風呂から上がってくる。嶺さんがダイニングテーブルに腰を下ろすのを見計らって、私はにゅうめんを出した。

鶏ささみに玉ねぎ、スライスしたしいたけが入った、胃に負担の少ないメニューだ。ふわりと湯気が立つ。

「大したものではないですが、どうぞ」

嶺さんは丁寧に手を合わせると、綺麗な所作で食べ始める。その顔がしだいにゆるむ。

聞けば、嶺さんはこれまで食事に頓着したことがなかったらしい。

多忙でゆっくり食べる暇もない上、大半が仕事の絡む食事では味わうこともままならなかったのだと思う。

「久しぶりに、ちゃんと食べたという気がする。ごちそうさま。うまかったよ」

本心からだとわかる笑みで箸を置いた嶺さんに、私はほっと胸を撫でおろした。庶民の味が口に合うか心配だったけれど、よかった。

「こんなのでよければ、いつでも作ります。だから、あの……ときどきでいいですから、夕食をご一緒できたら」

「いいのか？　君に負担がかかる」

「負担なんかじゃありません。私も嶺さんと一緒のほうが嬉しいですし」

「……そうか」

嶺さんが噛《か》みしめるようにつぶやく。私は思い立って腰を上げた。

「食後のお茶を淹れてきますね」

「知沙」

「はい？」

キッチンへ向かいかけた足を止め、嶺さんのほうをふり向く。会社では見られない、優しいまなざし。体温がじわりと上がる。

ひと言ひと言をゆっくりと区切るように、嶺さんが言った。

「食事。楽しみにしている」

キッチンでお湯を沸《わ》かしてハーブティーを淹れると、やがてりんごに似た優しい香りがほわりと立ちあがった。

白い湯気はやわらかくて気持ちがほぐれていくけれど、そろそろアイスティーの季節かもしれない。一度、訊いてみよう。

嶺さんに買ってもらったマグカップに注いで、リビングに運ぶ。先にソファに腰を下ろしていた嶺さんが私のほうを向いた。

「この香り。すっかり知沙の香りだという認識ができた」

「刷りこまれました？」

私は笑いながら、マグカップをソファ前のテーブルに並べる。

「刷りこみか……言い得て妙だな。いつのまにか侵食されている」

とたんに心臓を跳ねさせた私と反対に、嶺さんは悠然とソファに体を沈ませる。私にも隣に座るようにうながした。

とはいえ、隣は緊張する。私は嶺さんからひとり分のスペースを開けて腰を落ち着けた。

侵食って、ハーブの香りに？　それとも……〝私〟に？

なんて、的外れかもしれない質問をぶつける勇気は残念ながらないけれど。

「だが、君はまず自分を優先させたほうがいい」

どういう意味かと尋ねるまもなく、私の口元に嶺さんがマグカップを寄せた。

間近に嶺さんの真剣な顔がある。仕事のときに見せる真剣さとはまた別の、鋭くも労りのちらつく顔。どきりとした。

「俺付きの秘書になってから、君も業務量が格段に増えただろ。俺は慣れているからいいが、君の体のほうがよほど心配だ」

「そんな、嶺さんに比べたら私なんて大したことないですよ」

「自覚がないのが、いちばん悪い」

ハーブティーであたためられたカップの縁が、やんわりと唇に当てられる。それだけで私は、魔法にでもかかったみたいに固まってしまった。

これでも嶺さんの秘書なんだから、忙しくして当然。

なのにこれでは、私のほうが甘やかされているみたいで……いけないと思うのに抗えない。

「……いただきます」

マグカップを両手で受け取って口をつける。

ほのかな甘みを含んだ香りに包まれる。

この香りが嶺さんも包むのかと思うと、たまらない気分がせりあがってきた。胸が騒いでしかたがない。

「髪もまだ湿《しめ》ってるな」

嶺さんの手が伸びてくる。

「さっきお風呂に入ったばかりなので……」

しっとりした髪をすくわれ、私はマグカップを手にしたまま目を見開いた。無意識に息をつめる。

毛先にまで神経が通っているかのように、嶺さんの指先をまざまざと感じてしまう。

ど……どうしたらいいの？

「ではドライヤーを持ってこよう」

「えっ？　あっ、私が取りに……」

嶺さんは私の返事も待たずに腰を上げると、リビングを出ていく。

戻ってきた嶺さんは、手にドライヤーを持っていた。私は受け取ろうとして立ちあがったけれど、嶺さんが私の肩に手を置く。

「座って」

軽く肩を押され、私はすとんとふたたびソファに沈んだ。

戸惑う私を意に介さず、ソファに座った嶺さんが体をひねって私の髪をすくう。

耳に心地のよい声で指示されたら、抵抗なんてできない。ドライヤーのスイッチが入って、ただ伸ばしただけのストレートの長い髪がドライヤーの風になびく。

硬い手がゆっくりと髪に梳《す》き入れられる。かすかに頭皮に触れる手の感触に、意識が集中した。

「あの、自分でできますから」

「心配しないでくれ、慣れているから」

ぎゅ、と胸が締めつけられたような気分がして、私はうつむいた。慣れているって？　昔の彼女……とか？

待って、なんでそんなことを私が気にするの。

嶺さんなら、彼女が何人いたっておかしくない。容姿、能力、家柄と揃っていて、さらに無自覚で人たらしを発動する人なんだから。

そう、だから形だけの妻である私は軽い口調で聞けばいい。聞かないでモヤモヤするほどの関係じゃない。

ところが、私が思いきって尋ねようとするより先に、嶺さんが口を開いた。

「俺には上に姉が三人いるんだ。幼いころは、姉たちのドライヤー係を命じられていた。揃いも揃って我が強くて、俺はこき使われてばかりだったな」

「そうだったんですね。嶺さんの少年時代を想像したら、微笑ましくなりました」

お姉さん。

なんだ、そっか。私はそっと息を吐く。

「三人が強い分、俺は自分の意見を言えない子どもだった。だがそれでは東堂時計を率いるのは難しいと、両親は懸念していたらしい。事あるごとに、嶺はどう考えるんだと訊かれたな。おかげで、姉三人をまとめながら自分の意見を通す術を身につけた」

「だから今の〝社長〟がいらっしゃるんですね」

会社でも、嶺さんは反対意見を真っ向から否定しない。

その上で自分の主張もして、互いに納得のいく結論を導き出す。だから早すぎると言われていた社長就任でも、驚くほど敵が少ないのだ。

「君は昴君をこき使うことはなさそうだ。察するに、ショートケーキの苺《いちご》を譲っていたタイプじゃないか？」

「そのとおりです。嶺さん、なんでわかったんですか？」

「君を見ているからな」

さらりと告げられて固まる。嶺さんは私の心臓を止めたいの？

話の接ぎ穂を探しあぐねてしまう。

モーター音以外には静かになったリビングで、嶺さんの手が私の髪をまさぐる。

色めいた気配はないのに、空気が濃密になったように思うのは気のせい？

「――こんなものか」

嶺さんは満足そうにドライヤーを止めると、私の髪を手櫛《てぐし》で軽く梳いた。

「これから毎晩、俺の習慣にしてもいいな」

「いえいえ、嶺さんの手を煩《わずら》わせるのはちょっと。自分でやります！」

こんなこと、毎日されたら身が保たない。

今だって、頭を滑る指先の硬い感触に背中がぞくぞくしているのに。

「俺に触らせたくないなら、無理強いはよくないか」

嶺さんが声を落とすと、目を伏せてドライヤーのコードを片づける。私は焦って訂正した。

「そうじゃないです！　そうじゃないですけど……って、笑わないでください。もう！　その言いかたはダメです」

途中から小さく笑いだした嶺さんに、子どもじみた振る舞いだとわかっていながら拗《す》ねてしまう。

嶺さんは七歳も年上の大人で、なにを言っても敵わないけれど。

「わかった、デートするか」

デート？

「どうしてこの流れでそんな話に」

「君を萎縮させて、俺だけが楽しんでもしかたないからな。デートであれば、ふたりで楽しめる。どうだ？」

一緒に楽しむだなんて、まるでふつうの夫婦かのよう。でも、どうして。

それだけ、離婚を回避したいということ？

それはつまり……この結婚が嶺さんにとって、まだじゅうぶんメリットがあるからとしか思い当たる理由がない。

これまで嶺さんが私に見せてくれた様々な顔。その一つひとつに心を揺らされたけれど、すべて嶺さんが夫らしくあろうとしてくれた結果にすぎなかった？

心臓の辺りが引っかかれた気がして、私はそっと胸に手を当てる。

嶺さんは仕事に忙殺されている中、これ以上ないほどよくしてくれている。それだけで満足するべきなのに、痛みを覚えるのはなぜなの。

「日曜日にしよう。行きたいところを考えておいてくれ」

胸を針で刺されるのに似たかすかな痛みには気付かないふりで、私は「はい」と微笑んだ。

日曜日。梅雨入り前だからか湿気を含んではいたけれど、綿をちぎったような雲が散らばる青空だった。

緑豊かな公園は、都心だとはにわかには信じられないほど広い。

木々は濃い緑の葉を茂らせて生き生きとしており、パンジーやマリーゴールドといった花々が植えられた花壇は、色鮮やかに目に映る。噴水前の広場ではちょっとしたパフォーマンスをやっているようで、人だかりができていた。

花壇を縫うように作られた遊歩道は、ペットを散歩させる老人から幼児を連れた若い家族、大学生と思われるグループや恋人同士まで、様々な人がそぞろ歩いていた。

嶺さんと私もその中のひと組だ。

「公園は意外な選択だったたな。この前みたいに、ショッピングがよかったんじゃないのか?」

「いいえ、公園はのんびりできて気持ちいいですよ。夏本番になっちゃうと、外に出るだけで生気を奪われる気分になりますけれど」

「たしかに、風が気持ちいい。悪くないな」

嶺さんが半袖Tシャツに包まれた腕を顔の前にかざして空を見あげる。

その横顔からは日頃の緊張感がいい感じに抜けていた。

毎日忙しい嶺さんに少しでもゆっくりしてほしくて公園を選んだので、リラックスしている様子が嬉しい。

それにショッピングなんて、またあれやこれやと買い与えられかねないし。

好きなものを好きなだけ買ってもらえることに憧れがないわけではないけれど、形だけの妻の身で享受するのは抵抗がある。

「池のほうに行ってみましょうか。喉が渇いたらいつでもおっしゃってくださいね。冷たいお茶を用意してますから。そうだ、携帯用のファンとスプレータイプの冷却剤も用意してます」

嶺さんに説明しながら、私は肩掛けのトートバッグから水筒やファンやスプレーを取り出す。

すると、トートバッグごと嶺さんがひょいと取りあげた。

「前から思っていたんだが、君はいつも大荷物だな。旅行にでも出かける気か？」

歩きだした嶺さんに並ぶと、嶺さんは職場で見るよりもずいぶんとゆったりした歩調になった。

「自分ではそんなに持ち歩いているつもりはなかったんですけど……」

急に右肩が軽くなる。嶺さんを見やったけれど、返してくれる気はなさそうだ。なんだかすうすうするのが慣れない。

「色々、持っていないと不安なんです。緊急事態があったときに、ないと困りますし」

「なにが入ってるんだ？」

「えっと……ハンカチティッシュ……は別として。裁縫セットに救急セット、あと判子にモバイルバッテリーと、カロリーバーでしょ、水筒でしょ、ガムと歯磨きセットに眼鏡——」

さらに続ける私に、嶺さんが苦笑する。

「——仕事用の鞄には、ストッキングの替えとストールと、それから胃薬も——」

「胃腸が弱いのか？」

「いえ、私ではなくて……この前みたいに、会食が続いたときにお渡しできるようにと思って」

嶺さんが驚いた顔をした。

「俺のためか」

「胃が荒れるほど会食を詰めこまないでほしいというのが本心ですけど、そうもいかないでしょうから」

笑って言うと、嶺さんがなんとも形容しがたい顔で微笑んだ。

「心遣いはありがたいが……君はまず、自分の荷物を軽くしたらどうだ？　それで不安になるときには、俺を呼べばいい」

「え、でも」

嶺さんを呼ぶ？

困って足を止めたら、嶺さんが苦笑して立ち止まった。

「難しく考えるな。池のそば辺りで休憩するか」

池を眺められるように配置されたベンチはいずれも先客がいて、私たちは少し離れた木陰に持参したレジャーシートを広げた。念のために持ってきておいてよかった。

さっきの嶺さんの言葉が頭をぐるぐるしている。

先に靴を脱いでシートに腰を落ち着けた嶺さんの隣に、私も座る。こうしてみると、なんだかふしぎな気分だ。

今の私たちはどんな関係なんだろう。

夫婦だけど実態はともなっていなくて、恋人でもなくて。でもただの上司と部下でもない。

「よければ、お茶をどうぞ」

嶺さんが目を細めてタンブラータイプの水筒を受け取る。喉を鳴らして飲む様子が豪快だ。

見入ってしまった自分に気恥ずかしくなって視線を池のほうへ向けると、五、六歳ほどの男の子がシャボン玉を吹いていた。

男の子の隣には妹らしき女の子がいて、空に揺れるシャボン玉を追いかけている。子ども特有の、甘ったるい菓子を思わせる歓声が響き渡る。仲がよさそうだ。

のどかな光景に、無意識に深呼吸をする。

しばらくその兄妹とシャボン玉の行方を眺めていた私は、ふと嶺さんが無言なのが気になって隣に視線を戻した。

「嶺さん?」

あぐらをかいて腕を組んだ嶺さんの頭が、ゆらゆらと揺れている。伏せられた目を見れば、長い睫毛が頬に影を作っている。

ひょっとして、うたた寝してる?

これはかなりレアな光景なんじゃ……。いつでも涼しげで、疲れたところを誰にも見せない嶺さんが、うたた寝？

なんだか嬉しい。ドキドキしてきた。

でも、この姿勢は辛そう。首が痛くなるに違いない。

私は物音を立てないように細心の注意を払うと、おそるおそる嶺さんの頭に触れた。ナチュラルにととのえられた髪はやわらかく、指をするりと滑っていく。意識するなり鼓動がせわしなくなる。

軽く力をこめて、私の肩に乗せるつもりで嶺さんの頭を引き寄せる――はずだったのに。

「……～～っ！」

嶺さんの頭が傾く。と思ったときには、私の肩ではなく膝の上に滑り落ちたあとだった。

冷や汗をかきながら嶺さんの顔を覗きこむ。さいわい嶺さんの目が覚める気配はなくて、胸を撫でおろしたけれど。

これは、なんていうか……いたたまれない！

太ももに嶺さんの頭の重みを生々しく感じる。嶺さんの体温が私の中に染みこんでいく。

どうしよう、この状態から私の肩に乗せるのは難しい。

それに、嶺さんからは規則正しい息遣いが聞こえてくる。変に動かして起こしたくない。ゆっくり休んでほしい。

私はいたたまれないと思っていたのも忘れて、嶺さんの顔に見惚れた。

毎晩、ベッドの端と端で一緒に眠っているとはいえ、間近でじっくり見るのはこれが初めて。

理知的で涼やかな顔立ちは、この世にこんなに綺麗な人がいるのかと大げさでなく感嘆する。

けれど見惚れてしまうのは、ととのった顔立ちのせいじゃない。

『不安になるときには、俺を呼べばいい』

どうして、私がほしい言葉をくれるの……。

夏の予感をたっぷりと含んだ風が吹いて、嶺さんの前髪が閉じられたまぶたにかかった。目元にすうっと陰影ができる。

無意識に手が伸びた。

嶺さんの髪に触れて、こめかみへ寄せる。

指先が嶺さんの頬をかすめたとたん、指先からじんと痺《しび》れが走った。

遠くで聞こえる子どもの歓声よりも大きな音で、心臓が騒ぎ立てる。

こんなのは身が保たないと思う一方で、もっと近づいて、もっと触れたいと思う感情が膨らんでくる。

何度、この人に対してたまらない気分になればいいんだろう。

私はふたたび伸ばしかけた手を途中で止めて、ゆるく握りこんだ。


まぶたがゆっくりと押しあげられるのを、じっと見守る。

焦点の合わない目がまたたいて、私をとらえる。嶺さんが大きく目を見開いた。

「っ、すまない。いつのまにか寝ていた」

嶺さんが勢いよく体を起こす。

気まずそうにするのがかわいく見えて、私は嶺さんが寝ているあいだハンカチであおいでいた手を止めた。

「いいえ、たまには時間を忘れてぼうっとしましょう？　そのために来たんですから」

「君は退屈だったろ、どれくらい寝ていた？」

言いながら、嶺さんが腕時計を見て顔をしかめる。

嶺さんが眠ってから、二十分ほど過ぎていたからだろう。

「私はのんびりするの、好きですよ。ここなら、一日じゅうでもいられます。それより、嶺さんはよく眠れなかったのでは……」

言いながらじわりと耳が熱くなって、語尾がかすれる。

偶然とはいえ、肩を貸すだけのつもりが大胆なことをしでかしてしまった。

「日中に眠れるほどだから、寝心地がよかったのは間違いない」

「や、その言いかたはなんだか……っ」

どうにも生々しい連想をしてしまって、いたたまれない。

「そうか、悪かった。君といるとどうも気がゆるむな」

そういうところだから……！

おそらく無自覚なんだと思うけれど、だからこそ困る。経験の浅い私では軽く受け流すこともできなくて、のぼせそう。

嶺さんの力がいい具合に抜けたのは、私ではなくのどかな風景のおかげだと思う。けれど、なんにせよ嶺さんが休息できたならデート（と呼ぶのは気恥ずかしいけれど）のかいがあったと思う。

「名残惜しいが、そろそろ帰るか」

夏至《げし》前の空はまだほの明るいけれど、明日は月曜だ。あまり遅いと、休息のはずが疲労が残るだろう。

「はい」と同意してレジャーシートを畳むと、嶺さんはごく自然にそれを受け取り私の鞄ごと持った。

「重いですよ、私が……」

「遠慮しなくていい。君の荷物は、俺の荷物でもある」

嶺さんの顔が夕陽を受けて、ほんのりと赤く染まる。まぶしくて、私は目を逸らした。


「最近、色気が出てきたんじゃない？　知沙ちゃん」

梅雨どころか台風の進路が連日のようにニュースで報じられる季節のまっただ中、ガラス窓を伝う雨から視線を戻した笠原さんが、思わせぶりな顔をした。

「通永さんもそう思いません？　ねえ、ひょっとして社長が原因？」

通永さんがそうかしらとあいまいに微笑む向かいで、私は口に運びかけていたベトナム鶏飯《コムガー》を取り落とした。

いつものベトナム料理店は、今日は大雨のせいかお客さんもまばらだ。店主であり料理人のベトナム人のおじさんも退屈なようで、ホール係である娘さんと店の奥で雑談している。

「しゃ、社長とはなにもないですよ⁉　職場ですし……っ」

「やだ、知沙ちゃんなにを真っ赤になってるのよ。誰も、知沙ちゃんが社長とどうにかなるなんて思ってないわよ。社長は既婚者なんだから」

「そ、そうですよね」

「仮に社長が独身だとしてもよ？　社長なら美人を釣りたい放題なんだから、知沙ちゃんはないわよ」

美人じゃないことくらい、わかってる。笠原さんと並べば、嫌でも痛感する。

でも、胸がひりついた。

うまく笑えずにぎこちなく微笑むと、笠原さんが真顔になって身を乗り出した。

「知沙ちゃん、まさか社長を好きになってないわよね？　秘書には多いのよ。下手したら奥さんより長いあいだ一緒にいるわけだから、勘違いする子」

「あら、笠原さんもそのひとりだったりして」

通永さんが話の矛先を微妙に逸らしてくれて、私はせわしなく脈を打つ胸を押さえてこっそり息をつく。

笠原さんがサーモンとクリームチーズの入った生春巻きを頬張りながら、あり得ないと笑い飛ばした。

「通永さんったら、勘弁してください。前社長を上司として尊敬してましたけど、雰囲気はまんまお地蔵様だったでしょう？　勘違い以前に食指が動かないわ」

表現はさておき、嶺さんのお父様である前社長は常ににこにこと穏やかな男性だった。部下を牽引《けんいん》するよりは工房で職人と一緒になって手を動かしたがるところが、社員には好かれていたのだ。

とはいえ人柄のよさと経営手腕は別の話で、前社長自身もそれを承知していたからこそ、早めに退いて嶺さんに任せたのだと風の噂に聞いた。

「勘違い云々は別として、仕事のできる男をサポートするためには、私たちも怠けていられないものね。羽澄さんもそういうことでしょう？　業務時間外もよく勉強してるわよね」

「え、通永さん見てらしたんですか？」

ピクニックの日をきっかけに始めてから、ひと月弱だろうか。私は業務の合間を縫って、業界の動向や欧州市場のトピックスなどの記事をクリッピングしていた。

元は嶺さんがしていたけれど、関連する専門書などを読んだりもして勉強にもなるので、今は私が担当している。英語の記事も多いので、必然的に語学の勉強もプラスされてしまったけれど。

笠原さんがふぅん、と気のなさそうな声で、青パパイヤと蒸し鶏のサラダをつつく。

「知沙ちゃん、けっこう必死？　社長に気に入られたいものね」

「そういうわけじゃなくて、ご負担を軽くしたいと思っただけなんです。社長はなんでもひとりでこなしてしまわれますが、負担がないはずはないので……」

といっても、最初は記事を読んで情報を与えられても重要度さえ判断できなかった。でも、嶺さんは私が理解できないことを馬鹿にせず根気よく解説してくれる。ときには、素人丸出しの私の意見を『参考になる』と喜んでくれる。

しかも先日にいたっては……。

思い出したら、肌がみるみる火照った。

——先日の夜。何度目かわからないため息が無意識に漏れると、隣に座っていた嶺さんが自身のタブレットをいじる手を止めた。

『集中できていないな。今日はここまでにしよう』

『すみません！　やります、続けてください』

夜の勉強は、大事な習慣だ。いつのまにかスリープしていたノートパソコンのキーボードを、私は慌てて叩いた。ヨーロッパの時計業界に関するレポートが画面に表示される。

ところが、横から伸びてきた手がノートパソコンを引き寄せると、ファイルを閉じて電源も落としてしまった。

『……すみません』

『いいから』

嶺さんが空になった自分のマグカップを手にキッチンに立つ。私は画面の暗くなったパソコンを前にうなだれた。

昼間、職場で失敗をしてしまった。お客様にお送りする封書の中身を取り違えたのだ。

さいわい、笠原さんが直前で気付いてくれたおかげで大事には至らなかった。

でも嶺さんからの注意はもちろん、笠原さんからも強く叱責された。

『そんな初歩的なミスで、社長の秘書を名乗れると思ってるの？　こんなこと言いたくなかったけど……前から、知沙ちゃんでは社長のサポートは無理、私が社長秘書に戻るべきなんていう話が聞こえてきてたのよ。もちろん、私は知沙ちゃんが頑張っているのを見てるから笑い飛ばしたわ。でも、こんなことが続くなら……考える必要があるわ』

嶺さんをサポートする立場の私が、嶺さんの足を引っ張るところだった。その事実が胸に重石のようにのし掛かる。

周囲から私では無理だと思われているのもショックで、でもこんなミスをしてしまえば、納得するしかなかった。

通永さんは、大したことはないわよ、と自身の失敗談まで持ち出してフォローしてくれたけれど、それすら申し訳なかったのだ。

それで嶺さんに教える価値もないと見限られて、最悪……。

と、ことりとマグカップが置かれる音がした。顔を上げると、嶺さんが私の前にデザート皿を置くところだった。

『終わってからにするつもりだったが、休憩しよう』

『……チョコレート？』

乳白色のやわらかな色合いをした皿の上には、ひと口サイズのチョコレートがいくつも並んでいた。エディブルフラワーの砂糖漬けが飾られた、さながら宝石のような見た目だ。

『落ちこんだときには、甘いものが効く。姉からの受け売りだ』

『私に?』

声が上ずって、私は皿の上のチョコレートを凝視した。

このチョコレートは、銀座《ぎんざ》のハイジュエリーを扱う宝飾店が新たに展開を始めたカフェで、特別な客にだけ販売されるもの。職業柄、話題性のあるおもたせはチェックしているから間違いない。

一粒でゼロが四つ付くという恐ろしい値段設定でありながら、常に入荷待ちが続く入手困難な幻の逸品であることも、知識として知っている。

だけどそんな高価なものを……ううん、値段は関係ない。

嶺さんがわざわざ買いにいったの? 私のために?

『どうしてこんなに……よくしてくださるんですか? 見損なわれてもおかしくないのに』

『上司として言うべきことはすでに言った。だが今は、君の夫だ』

夫婦といっても書類上だけの関係なのに、これではまるで甘やかされているかのよう。

決して嫌じゃない。それどころか、胸の内が甘くざわめくのさえ感じてしまう。だからこそ、嶺さんに負担をかけていると思うと苦しい。

どんな表情をしていいかわからない顔になった私に、嶺さんは優しかった。

『それにあの一件には、少々思うところもあるからな』

『え？』

『いや、今はまだいい。それはともかく、ほら、食べてくれ』

つやつやと輝くチョコレートをじっと見つめたままの私に苦笑して、嶺さんが隣に腰を下ろす。

『ありがとうございます。……なんだか、食べるのがもったいないです』

『それなら、明日も買ってこよう。そうすれば、もったいないなどと考えることもない』

『いえいえ！　これだけでじゅうぶんです』

冷や汗をかきながら言うと、嶺さんが声に出さずに笑う。

胸がきゅうっと反応するのは気のせい……だよね。

と、だしぬけに嶺さんがチョコレートを一粒取りあげる。嶺さんも食べるんだ、と思うまもなく、私の唇にチョコレートがそっと押し当てられた。

『んっ……⁉』

驚いて目を見開くと、嶺さんが面白そうに口の端を上げた。

『早く口を開けるんだ。溶けるだろ』

そう言われても、まばたきすらままならない。体じゅうの血が沸騰して、顔から火が出そう。

食べさせてくださいなんて言ってない！

なのに、嶺さんはチョコレートを持つ手と反対の手でテーブルに頬杖をついて、この状況を楽しんでいる。

ドッ、ドッ、と心臓が騒ぐ。

嶺さんの目を正視できず、私は目をつむってわずかに口を開けた。

チョコレートがゆっくりと押し入れられる。芳醇な香りが鼻に抜けて、頭がくらくらする。

私の熱で、甘い宝石はたちまち崩れていく。淡雪を食べたかのような口当たりを楽しむ余裕なんて、残念ながらない。

『うまいか？』

知らず目を潤ませながら、こくこくと小さく首を縦に振る。

『ちなみに姉の談では、スイーツよりも服やジュエリーのほうがてきめんに効くらしい。どんな服がほしいか考えておいてくれ』
顔を赤くしたり青くしたりする私と裏腹に、嶺さんは満足そうに指を舐める。
これ以上、甘やかされたら抜け出せなくなりそう。頭の芯がじんと痺れた。

「――羽澄さん、大丈夫？」

通永さんの気遣わしげな声にはっとした。大丈夫です、と笑顔をつくろって机上のコーヒーカップを回収する。

社外取締役を含めた会議は、参加人数が多いこともあって大会議室のレイアウトを変え、さらに椅子を追加して行われた。

今は会議が終了して、私たち秘書で片付けをしているところだ。

「社長のためにって頑張るのはいいことだと思うけど、あまり根をつめないようにね？」

「そうよ。根をつめれば役に立てるというものでもないんだから」

通永さんに続いた笠原さんの言葉に、胸が小さくひりつく。あいまいにうなずいて、私はテーブルを拭く作業に専念した。

私と通永さんがテーブルを拭くそばで、笠原さんが剥《は》げかけたネイルをイライラと弄《いじ》る。

笠原さんのネイルはいつも完璧にメンテナンスされているのに、ちょっと珍しい。なにかあったのかな。

私はふと、自分の手元に視線を落とす。

たとえば私が爪を綺麗に手入れしたら。爪じゃなくても、たとえばメイクに手をかけたら。

少しは嶺さんの目に留まるのかな……なんて、なにを考えてるんだろう。いずれ離婚する人なのに。

椅子を元どおりに並べ、最後に会議室を見渡す。窓の外には曇り空が広がっていた。

「台風、接近してきたらしいわね」

通永さんの言葉に、笠原さんも指先から目を上げる。

「この分だと、週末には電車が軒並み運休になりそうですね。専務の予定も、リスケが必要かしら」

私も頭を仕事に切り替え、先輩たちと会議室を出た。嶺さんにあれだけ優しくされて浮上させてもらったのだから、お返ししないと。

……いけないい、こんなはずじゃなかった。

離婚をするべきだと思うのに、気がつけば嶺さんの優しさに寄りかかりそうになっている。

彼の優しさに包まれるのが心地よくて、浸《つ》かっていたいと思いそうになる。

このままじゃ、いつか取り返しがつかなくなる予感がする。早くしなきゃ。今なら、まだ――。

うろたえる私に追い打ちをかけるかのように、そのとき私用のスマホが鳴った。

週末は、通永さんたちの話のとおり雨が降っていた。

といっても、台風は微妙に進路を逸らしたため、その影響は予想より小さい。アプリで天気予報を見る限りでは、あと数時間で雨も上がるようだ。

伯父さんからの呼び出しに応じたのは、今度こそ最後にしてもらうためだった。

待ち合わせ時間の十分前。私は前回とおなじ店内の席で大きく息を吸ってから、やってきた伯父さんを迎えた。

伯父さんが腰を下ろしながら私に笑いかけ……途中で止めた。

「なぜ、俺が送ったワンピースを着ていない？」

声の温度がすっと下がる。伯父さんの視線が、私の着たシンプルなTシャツとジーンズに落ちた。背中が粟立つ。

こうなるだろうと覚悟の上で、伯父さんが買ったワンピースに袖を通さないことを選んだ。

でも伯父さんを前にすると怖い。怖いと思う気持ちを止められない。

「……すみません」

謝ることじゃないと頭ではわかっているのにいざとなると謝罪が口をついてしまい、私は唇を噛んだ。もっと毅然《きぜん》としていたいのに。

伯父さんはなにか言いかけたが、店員が注文を取りにきたのに合わせて口をつぐむ。

私はひとまずほっとして、紅茶を注文した。

外は蒸し暑いのに、無視できないほどの寒気が背を上る。

「昴から聞いたが、新婚生活を始めたそうだな。三年も離れた夫婦が一緒に住んだところで、今さらだろう。長続きするとは思えんな」

「いえ、順調です、しゃ……夫にはよくしていただいてますし」

「あちらは社長だ、知沙には過ぎた夫だろうよ。飯を作るくらいしか能がない嫁では、飽きられるのも時間の問題だ」

痛いところをつかれ、視線が下がった。重い塊が喉元でつかえ、膝上の手から温度が抜けていく。自分でも内心ではそう思うだけに、否定できない。

それでも、逃げたくなるのをこらえて運ばれてきた紅茶に口をつけ、私はぐっと顔を上げた。

「伯父さんには私たち家族が苦しいときに、すごく助けていただきました。私が短大に通うお金も出してくださって、感謝してもしきれません」

喉が渇き、たまらずまた紅茶に口をつける。

「だから……まだまだ全額にはほど遠いですが、お返しします」

私は足元に置いていた肩掛けのトートバッグを手に取ると、中から厚みのある封筒を取り出してテーブルに置いた。

ずっと、伯父さんの前では息が苦しかった。援助を受けたのに拒絶するのは申し訳なくて、自分を押し殺してきた。だけど。

『君はまず自分を優先させたほうがいい』

嶺さんの言葉を思い返す。

冷えた手に血が通い始めた気がした。

「時間がかかっても、必ず全額お返しします。だから、私を呼び出すのはこれきりに……」

全身が凍りついた。

店内の空気まで一緒に凍りついたかのようだった。

「親代わりとして大学に行かせてやったのに、お前はその厚意をこんなもので切り捨てる気か？」

伯父さんの声音が暴力的な気配を帯びていく。喉が干あがって、私はたまらず膝に置いていたトートバッグを胸に引き寄せた。サイドボタンに当たったのか、バッグの中でスマホの画面が明るくなる。

ロック画面のハーブの鉢植えが目に入った。今や、嶺さんと過ごすあの場所ですくすくと茂った葉。

嶺さん。

深く考えるよりも先に、私はトートバッグに手を入れてメッセージを打っていた。

＊

日に日に気持ちが知沙へ引き寄せられていく。

一緒にいるだけで、心が安らぐ。健気な言動から目を離せない。

いつまでもそばで見ていたいと思う。

「――そうなればいいとは思っていたけれど、まさか嶺がそれほどひとりの女性に執着するようになるとはね」

深行の発言にぎょっとして、俺は社長室のソファでのけぞりそうになった。深行には人の心を読む才能でもあるのか。

「ああ、ちょうど羽澄さんのことを考えてたんだ？　やっぱりね」

「……心がひとりの人間で占められるのは、冷静に考えると恐ろしいことだな。自分が自分でなくなる」

「そう？　それが恋の醍醐味《だいごみ》だと思うよ」

深行はいかにも楽しそうな声で言うと、ソファの向かいで背をもたれさせた。今日はふたりとも、休日らしくラフな格好だ。

パントリー横の自販機で買った缶コーヒーに口をつける。

渋面になるのはしかたがない。知沙が淹れたコーヒーでないと物足りなく思うようになったのは、いつからだったか。

「香港では心が死んでいたことを思えば、いい兆候じゃないか。あとは、その執着をさっさと相手にぶつけるだけ……あ、もうぶつけた？」

「衝動で動けるほど若くないんだ、お前も俺も」

「へー、衝動で動けない、ままならない気持ちを鎮《しず》めるために、日曜の朝に出社してるんだ」

眉をしかめると、深行が笑って缶コーヒーのプルトップを引いた。

深行とはこれまでもたびたび日曜に打ち合わせをしていた。機密性の高い話をするのに最適だからだ。

だが、今日はどうも話が逸れてしまっている。

「奥さんに振られた嶺のために、僕があいだを取り持とうか？　昔みたいに」

「あれは、お前がいつも女子の頼みをほいほいと安請け合いしていただけだろ」

「よく覚えてるね」

「お前こそどうなんだ？　誰かいい女性はいないのか」

「残念ながら、僕には雇用契約に応じてくれる奇特な女性がいないんだ」

「茶化すな」

「茶化してないよ。本心から感心してるんだ。契約した相手に、会ってから恋をするって、どんなドラマかと思うよ」

親族からの脅《おど》しのような縁談をから逃げるためだけに、深行に適当な相手を見つくろわせた。

それがこうなるとは、俺だって想像もしなかった。

「けど、まさか手も出していないとは。いい歳した大人の男女、しかも夫婦じゃないか。抱き合ってこそ伝わる気持ちもあるのにね」

「からかうな」

俺にも人並みに欲はある。

たやすく手折れそうな細い腰、まろやかでなまめかしさすらある体の輪郭。抜けるように白く、やわらかな肌。

――誰にも触らせたくない。俺だけが触れたい。

ただ契約を盾に部屋に連れこんだも同然だと思うと、罪悪感が邪魔をする。知沙が離婚を望むから、なおさら。

「それで奥さんは、今日は?」

「朝から出かけた。人と会う予定があるらしい」

俺はガラス越しに、誰もいない秘書席を振り返った。

思い出しても腹の奥がくすぶっている。誰と会うのか、知沙は俺に言わなかった。

だが、出がけに浮かない顔をしていたのが引っかかっていた。

飲み終えた缶コーヒーが手の中で潰れた音で、正気に返る。そのとき、俺のスマホが振動した。私用のほうだ。

俺はなにげなくパンツのポケットから取り出し、SNSの着信メッセージのポップアップを見た。

「嶺？　どした？」

目を見開く。

弾かれたように立ちあがった俺を、深行が怪訝そうに見た。

「知沙が……。いや悪い、急用ができた。お前、今日は車か？　だったら貸してくれ」

「いいけど、お抱えの運転手は？」

「呼ぶ暇が惜しい、早く！」

いぶかしげに放り投げられた車の鍵を、ひったくるようにして受け取る。次の瞬間には、社長室を飛び出していた。

「あれこそ衝動で動いてるってことじゃないの？」

背後で深行が小さくつぶやいたが、頭の中は知沙からのメッセージでいっぱいだった。

【嶺さん】

わずかなためらいを示すかのようにメッセージがそこで一度切れてから、もうひと言。

【呼んでも……いいですか？】

＊

「──わかった、知沙」

伯父さんが封筒の中身をたしかめる。

「薄情に育った娘を見ればお前の父は悲しむだろうな。だがまあ、金を返すという志は評価してやる」

薄情、父が悲しむ、という響きがちくりと耳を刺すけれど、一触即発《いっしょくそくはつ》の雰囲気だっただけに、安堵で深々と息をつく。私はテーブルの下で無意識に握りしめていたスマホから手を離した。

これまで、必要以上に怯《おび》えていただけだったのかも……。

私はようやく肩の荷が降りた気分で、弟の近況も併せて報告する。

弟からは、今朝ちょうどメッセージがきていた。そのとき話のついでで伯父さんと会うと言ったら、よろしく伝えてと言付けられていたのだ。

そこからは昔話も交え、意外にも和やかな時間を過ごすことができた。

空になった紅茶のカップを見ながら、私はいつになくすっきりした気分で伯父さんに頭を下げた。

「では残りのお金は、あらためて伯父さんの口座に……」

「毎月一万円。それで手を打ってやる」

伯父さんの乾いた声に、思考が止まった。

スマホがバッグの中で何度か振動するのが、かすかに聞こえる。

「いいか、毎月だ。直接返しに来い、それ以外の方法では受け取らない。……ちょうどよかったかもしれないな。毎回、俺から連絡しなければ会いもしないお前には、一度言ってやりたいと思っていた。これからはお前から連絡しろ」

「それは困ります！」

「俺の厚意を借りに変えたのは、知沙だろうが。貸した側が受け取り方法を指定するのは、当然の権利だ」

「そ、れは……」

バッグを抱えこんだ手がかすかに震える。まさか、こんなことになるなんて。

どうすればいいのか、なにも考えつかない。どうにかしないといけないのに。月一万円だったら、全額返し終えるのにどれだけかかる？　それまで毎月、伯父さんとふたりで会うの？

だけどもし、私が連絡しなかったら……？

「お前が社会人になろうが結婚しようが、お前は死ぬまで俺の姪だ。そのことを忘れるな」

全身が強張って、血の気が引いていく。震え始めた指先は紙のように白かった。ずっと……このまま、これだけ言っても伯父さんから離れられないの？

そのときだった。

「――知沙、遅くなった」

すらりとした長身の男性が、肩で息をしながら、伯父さんの視界から私を隠すようにテーブルに手をついた。

「嶺さん⁉　どうしてここが……」

「それはあとで。……羽澄久史《ひさふみ》さんですね、ご挨拶が遅れました。知沙さんの夫の東堂嶺です」

嶺さんは私の隣に立つと、洗練された仕草でお辞儀をした。たったそれだけでも、持って生まれた風格がにじみ出る。

伯父さんをフルネームで呼んだのにも、気圧されるほどの凄みがあった。

伯父さんはつかのま怯《ひる》んだ様子を見せたけれど、嶺さんに軽く挨拶すると私のほうを鋭く見据《す》えた。

「知沙が呼んだのか？」

「いいえ、昴君から知沙さんが羽澄さんと会っておられるとうかがいましたので。せっかくですから私も挨拶させていただこうと思いまして」

嶺さんは隣の席に腰を下ろすと、そつのない調子で答える。

「なんでも、長く羽澄さんが知沙さんたちの面倒を見てこられたとか。身内とはいえ、頭が下がります」

嶺さんは涼しげな笑顔を崩さない。

だけど、そこはかとなく冷たい威圧感を覚える。職場ですら感じたことがない類《たぐ》いのもの。

内心、なにが始まるのかとひやひやしてしまう。

「次はぜひ私も同席させてください。次回があるなら、ですが」

「なに……？」

「ああ、それともうひとつ。これからは知沙さんには私がついていることを、頭に置いておかれたほうがいい」

二の句を継げないでいる伯父さんに冷たい視線を投げつけると、嶺さんは悠然と立ちあがった。

私も嶺さんにうながされて席を立つ。背中に添えられた手のぬくもりに、深い安堵が押し寄せた。

雨は予報どおりいつのまにか上がっていて、雲の晴れ間から差しこむ太陽の光が、街路樹の葉に残った雨粒をきらきらと輝かせている。

嶺さんが不破さんに借りたという車を停めた場所まで、私たちは観光名所がぽつぽつと立つ細い道を歩く。

嶺さんは無言だった。けれど、私のトートバッグを代わりに持ってくれた歩調は、嶺さんひとりのときよりもずっとゆっくりだ。

「今日はどうして来てくださったんですか……？」

難しい表情のままの横顔を見あげる。気になって、どうしても口にせずにはいられなかった。

行き先も告げずに出たのに、どうして嶺さんはタイミングよく来てくれたんだろう。

「君がそれを聞くのか？」

嶺さんはいぶかしそうに私を見て立ち止まる。ポケットからスマホを取り出し、タップしてSNSのトーク履歴を私に見せた。

【嶺さん】

【呼んでも……いいですか？】

恥ずかしさのあまり、私はとっさに手で顔を覆った。

「知沙が送信したんじゃないのか」

「もっ、もちろん私ですし私が書いたんですが、でも」

言いながら、心臓が騒ぎだす。

あのときは考えるより先に指が動いたから、詳しく説明する余裕もなかったのに。

「あれだけで来てくださったんですか……!?」

どれだけ不安や心細さで押し潰されそうでも、ずっとひとりで対処するのが当たり前だった。ほかの選択肢なんて知らなかった。

だけどあのときは切羽詰まっていて、気付いたら指が動いていて……。

「不安なら呼べと言ったのは俺だから。このメッセージはそういう意味だろうと思って、焦った」

嶺さんが見せてくれた画面には、未読になったままの嶺さんの返信も残っていた。

【すぐ行く。どこにいる？】

慌てて自分のスマホを取り出す。タップすると、おなじメッセージが表示された。

それだけじゃなく、着信通知まで。

言葉にできない気持ちが膨らんで、私はスマホをぎゅっと握りしめる。

電話も取れなかったから、嶺さんは場所までは特定できなかったはず。

それでも来てくれた。

「君に連絡がつかなかったから、昴君に連絡した。君たちは仲がいいから、彼ならなにか知っているかもしれないと思ったんだ」

「ああ、それで……」

昴には、伯父さんと会うのだと話のついでに伝えていた。昴は、私がいつもどこで伯父さんと会っているのか知っている。

「昴と連絡先を交換していたなんて、知りませんでした」

「ああ、挨拶したときにな。電話したのは今日が初めてだったが。また彼にも会いたいな」

まさか嶺さんが、形だけの妻の家族に連絡先を教えていたなんて。私とは連絡先を交換しなかったのに……と思ったけれど、私の連絡先はあのとき契約手続きをしてくれた不破さんを通して、すぐ得られたからだろう。

駐車場には、派手な深紅の車が停めてあった。助手席のドアを嶺さんが開けてくれる。私は乗りこみながら思いきって切り出した。

「伯父は、私が自分の意に沿わないことをすると荒れるんです。だから私はいつも、伯父の前では伯父の選んだ服を着ていました。でも、今日は思いきってやめて……ほんとうは、ここに来るのも嫌でたまらなかったんです」

あの要領を得ないメッセージで察してくれた嶺さんなら、私と伯父さんの関係になにかしらの問題があると気付いたと思う。

だから伯父さんを牽制してくれたわけで。

「嶺さんの顔を見たとき、ほんとうに……助かったと思いました」

形だけの妻にもかかわらず私を庇《かば》ってくれた嶺さんに、隠すような不誠実なことはしたくない。

「よければ、伯父のこと……聞いていただけますか？」

「聞きたい。だがその前に」

嶺さんも真剣な顔で車を回りこみ、運転席に乗りこんだ。

「寄る場所ができた。先にそちらへ行こう」

車を二十分ほど走らせて着いた場所は、特徴的な外観をした海辺のホテルだった。

詳しくはないけれど、こういう場所ってコーヒー一杯で二千円くらいするのでは？

ゴージャスながら品のある内装は、特別なときに特別な人と来たいと思わせる洗練された雰囲気がある。

ところがお茶でもするのかと思いきや、嶺さんは海に面したロビーラウンジには目もくれず、フロントに向かった。

「――こちらが鍵になります」

フロントで話をする嶺さんのうしろにいた私は、そのスタッフの言葉にぎょっとした。

「嶺さんっ？　どうしてお部屋なんか」

まさか、泊まるんじゃないよね？

動揺が顔に出た私を安心させるように、嶺さんがふっと口の端で笑う。

「いつかは宿泊するのもいいな。だが、今日はそうじゃない。とりあえず部屋に行こう。すぐ用意するそうだ」

「用意？」

「おいで」

ごく自然な仕草で手を取られ、ドキドキしながらエレベーターで客室に向かう。

シンプルなTシャツと黒のパンツ姿でさえ華のある嶺さんと違って、ジーンズを穿《は》いた私は場違いな感じが否めないけれど。

無意識に肩を縮めながら嶺さんが開けてくれたスイートルームに足を踏み入れた私は、言葉を失った。

「わぁ……」

海に面した二方がガラス張りになっていて、その向こうには夏の日差しをたっぷりと受けた紺碧《こんぺき》の海が広がっていた。

部屋の調度品は、白を基調として差し色に海を思わせる紺碧の色を使ったもので統一されており、爽やかで心地のよい空間だ。

こんな場所、現実にあるんだ……。

贅沢な眺めに圧倒されていると、入口が騒がしくなる。

ふり返ると、ちょうど嶺さんが誰かを中に入れているところで、私はたちまち混乱した。

「なんですか、これ……!?」

ホテルスタッフがきびきびとした動作で、大量の服を吊り下げたハンガーラックを運び入れる。

ラックにかかっているのは、どれも女性物の服ばかり。

「どれでも好きなものを選んでくれ。迷うときは彼女に相談すればいい」

嶺さんが視線を向けた先を追うと、黒のドレッシーなシャツと細身のパンツに身を包んだスレンダーな女性が頭を下げた。

「奥様にお目にかかれて光栄です」

私もお辞儀をしたけれど、展開が急すぎる。

「え、えっ!? ちょっ、頭がついていかないんですが」

「姉が昔から懇意にしているフリーのスタイリストだ。彼女なら知沙に似合う服装を提案してくれると思う」

疑問しか浮かばないのだけど……!

服を買うなら駅前の量販店でじゅうぶんなのに、ホテル? しかもこちらが買いにいくのではなくて、部屋まで持ってこさせる? それもスタイリストつきで？

嶺さんは時計を扱う商売柄、ファッション業界の知り合いも多いだろう。外見にこだわりがあってもおかしくない。

けれどここまでされるなんて、まったくの想定外で。

お代をどうしたらいいんだろうとこっそり考えていると、「お金のことは気にしないでくれ」と釘を刺された。見抜かれている。

うろたえる内心さえ読んだみたいに、嶺さんが私の肩に手を置いた。

「君は、抑圧を受けていい女性じゃない。これからも、君には君が心から望む服を着てほしい。そう思うだけだ」

服装の件をちらっと零《こぼ》しただけで、私のためにここまでしてくれるの？

形だけの妻、しかも離婚を申し出ている妻に？

まただ。たまらない気分がこみあげてくる。

決して押しつけがましくない。あくまで自分の希望だからと、私に引け目を感じさせないようにしてくれて……。

とくとくと、鼓動が騒がしくてしかたがない。きゅうっと、切なくも甘やかな音を立てる胸を、私は手で押さえる。

「俺はしばらく出ている。終わったら連絡を」

「いえっ、待って、あの……嶺さんも一緒に選んでくださいますか？」

やけに必死に引き留めたあとで、気恥ずかしくなってうつむいた。

嶺さんが戻ってくる気配がして、顎をすくいあげられる。

「俺に選ばせて後悔しないか？」

いつになく楽しそうに笑う嶺さんに、こっそり息をのむ。ああもうダメだ、と観念する。

目を逸らせない。

一見クールだけれど、実はとても優しい人。そんな彼へ抱く自分の気持ちに、気付いてしまったから。


あれやこれやと服を体に当てられ、試着しては嶺さんに見せる。

多忙な嶺さんの時間をもらっているうしろめたさはあるけれど、他人に手をかけてもらえる経験は初めてで、ずっと体が地面から数センチ浮いたような気分だ。

それにスタイリストさんはさすがプロで、私の体型や肌の色に合わせた上で色々と提案してくれる。普段の服装について相談したら、こうすればより魅力的に見えるというアドバイスもたくさんくれた。

なかでもシフォン素材でできたラベンダー色のシックなノースリーブワンピースを着たときは、はっとした。

——これ、私？

思わず鏡越しにほうっとため息が漏れる。

ゆるやかに体に沿ったラインは少しばかり心許ない気分になるけれど、ホルターネックが胸元を隠すのでいやらしくない。

知的な色香をまとった大人の女性に見える……気がする。

これなら、嶺さんの隣に並んでも変じゃない、よね。

「どうですか……？」

嶺さんに釣り合う大人の女性になりたい。

意識されたい。

嶺さんの目に、もっと映りたい。

ともすれば分不相応な本心が漏れそうで、私は嶺さんの視線から逃げるように鏡に向き直った。鏡の端にスタイリストさんが微笑むのが映ると、ますます気恥ずかしくて身を縮めてしまう。

と、ソファから立ちあがった嶺さんが私の背後に立つ気配がした。

鏡越しに嶺さんが頭を屈めるのが目に入る。耳元にあたたかな呼気を感じてうなじの毛が粟立った。

「似合っている。とても」

耳打ちされた場所がじんと痺れて、じわじわと体温が上がっていく。私はおそるおそる顔を上げて鏡越しに嶺さんと目を合わせた。

「ほ、ほんとうにそう思ってくださいます？」

「ああ。いいと思う」

「……嬉しいです。大事に着ます」

頬が熱くなったのがわかって、とっさに両手で頬を挟む。

嶺さんが微苦笑して、スタイリストさんにこのワンピースをそのまま着用すると告げる。スタッフがやってきて大量の服を持ち帰ると、にわかに緊張が膨らんだ。

嶺さんと、広いスイートルームにふたりきりになったから。

私が緊張したのに気付いたらしく、嶺さんが私をソファに座るよううながす。

いつのまに頼んでいたのか、ほどなくルームサービスで飲み物と軽食が運ばれてきた。

上品な白い皿には、ひと口サイズにカットされた数種類のサンドウィッチや、鮮やかな色合いのピンチョスが並んでいる。見たら急に空腹を自覚した。そういえば朝からなにも食べていない。

私はありがたくいただきながら、伯父さんとの件を打ち明けた。

「――中学一年のときでした。父が亡くなって、伯父が家を訪ねてくるようになりました――」

アイスコーヒーを口にした嶺さんが、無言で先をうながす。私は背中を押された気分で洗いざらい吐き出した。

伯父さんは、私の前でだけ豹変《ひょうへん》したこと。昴や母の前ではいい人だったから、母に相談しても取り合ってもらえなかったこと。

そんな母の強い勧めで、諦めかけていた大学へ進学した直後のことも。

「入学して少し経ったころ、伯父から電話がありました。入学祝いを渡したいと言われて、大学近くのカフェで会いました。そのときに学費は伯父が出してくれたことを知りました。それから……ときどき呼び出されるようになりました」

「それが今も続いていた、ということか？」

「……はい。身内ですし、学費を出してもらった負い目もあって断り切れなくて。でも、会うたびに息苦しさがあって……」

　思えばいつ激怒するかと、常に顔色をうかがっていた。

　前に伯父さんの選んだもの以外の服を着ていったときの一件を口にすると、嶺さんが剣呑《けんのん》な顔つきになる。

　けれど嶺さんはすぐに表情を優しくした。

「知沙は、ひとりで耐えてきたんだな」

「っ……」

　労りに満ちた声が耳に届いたら、意識するより先に視界がにじんだ。焦ってしまう。嶺さんにこれ以上、迷惑をかけたくない。こらえなきゃ。

　私は素早くまばたきを繰り返して、涙が零れないよう散らす。

　伸びてきた嶺さんの指先が、私の頬に触れた。するりと撫でられる。

「我慢しなくていい」

「う……すみませ……」

　こらえきれず細い声が漏れたとき、大きな手に肩を引き寄せられた。

　とん、と嶺さんの胸に頭が当たる。ほっとする嶺さんの匂いに包まれたら、とうとう涙が零れ落ちた。

嶺さんの服を汚してしまう。離れなきゃ。

頭ではそう思うのに、手は勝手に嶺さんのシャツをすがるように握りしめる。離れるのは不安だとでもいうように。

「今日もし知沙からのメッセージが来なかったらと思うと、ぞっとするな」

「でも、迷惑でしたよね……。形だけの夫婦なのに結果的に呼び出してしまって……」

「俺は今、君を抱きしめられてよかったと思う」

背中に嶺さんの逞しい腕が回って、深く抱きこまれた。普段の私なら、動揺と羞恥で軽くパニックになっていたと思う。

けれど今は、嶺さんのぬくもりに安心をもらえるほうが強い。

「俺はこれからも、君が必要なときに抱きしめられる関係でいたい。君さえ離婚を撤回してくれれば、それが叶うように思うんだが……撤回する気はないか？」

一瞬なにを言われたのか理解できず、私は嶺さんの腕の中で目をしばたたいた。

ああそうだった。私は嶺さんと離婚しなきゃと思っていて……。

「君も俺を必要としてくれていると、あのメッセージを見て思ったんだが……俺の勘違いか？」

嶺さんの言葉が、私の中のやわらかな部分へ入ってくる。

その意味を深く理解するより先に、私は嶺さんを見あげてかぶりを振っていた。

「っ、違いません」

「よかった」

嶺さんが極上の笑顔で、心から安堵したふうに息をつく。

たまらない気分が喉元までせりあがって、私は伸びあがって嶺さんの肩口に頬をすり寄せた。

胸がきゅうっと、甘やかに鳴り始める。

どうしようもなく嶺さんが必要で。そばにいてほしくて。そう思うだけで、涙が出そうで。

——私ひとりじゃ、この気持ちを手に負えない。

「嶺さん」

その先を続けられずに口をつぐむと、嶺さんが切なそうに目を細めて私を見つめた。

嶺さんの手が私の横髪に差し入れられる。そのままゆっくりと梳きながら、手が首裏に回った。

部屋の空気が濃《こま》やかになった気がした。

頭に手を添えられて、派手に騒ぐ心臓をなだめることもできないまま嶺さんを見あげる。

嶺さんが頭を傾けて……薄い唇が、私の唇に重なった。

最初は軽く当てる程度。それから一度離れて、またすぐに重ねられる。

嶺さんの唇で、私の唇がやわく潰れる。

触れた場所がほのかに熱くなって、その熱が頭の芯まで溶かしそう。

「知沙、俺は君が――」

キスの合間に紡がれた、かすかに艶を帯びた声に鼓膜《こまく》が震える。

そのとき、嶺さんのスマホが振動する音が割りこんだ。


不破さんは受け取った車の鍵のついたキーホルダーを指先でくるくると回しながら、嶺さんと私を交互に見てしたり顔をした。

「羽澄さん、知ってた？　こいつ、羽澄さんのメッセージを見るなり、自分付きの運転手を呼ぶ暇すら惜しんで僕の車を強奪したんだ。あのときの焦った顔を羽澄さんにも見せたかったな」

「嶺さんがですか……？」

隣の嶺さんを見あげると、嶺さんが苦虫を噛み潰したような顔をしていた。どうやら不破さんの話はほんとうみたいだ。

嶺さんに申し訳なく思いながらも、嬉しさがこみあげてくる。

「今夜はあの顔をつまみに、うまい酒が飲めそう」

「こっちはお前に、いいところを邪魔されたが？　車を返すのは明日にすればよかった」

電話がきたときの様子を思い返したとたん、かあっと頬が熱くなった。不破さんに顔を見られるのが恥ずかしくて、私はうつむく。

電話は不破さんからで、車を返せという催促だった。それで、私たちはとるものもとりあえず東堂時計に戻ってきたのだった。

キスの余韻がまだ残って、体の芯が熱い。

嶺さんはあのとき、なにを言おうとしたんだろう。

「僕のおかげで間に合ったのを忘れないでくれよ？　嶺のステイタス狙いだったあの女……嶺のはとこは、嶺が結婚したと知るなり別の男と結婚したし、嶺は嶺で羽澄さんとうまくいったし。すべて丸く収まった」

嶺さんが嫌がっていたという縁談のことは気になっていただけに、お相手も嶺さんへの未練はなさそうだと知って胸を撫でおろす。

「お前には感謝してる。借りも返す。だがひとまず今日は帰る。お前も出ろ」

「着飾った羽澄さんを僕に見せたくないんだ？」

「そのとおりだ。出ろ」

えっ、と顔を上げるのと同時に嶺さんに肩を引き寄せられた。嶺さんはさっきの渋い顔もどこへやら、平然とした様子だ。

言葉の意図を聞きたいのに聞けないまま不破さんに家まで送ってもらい、嶺さんの……ううん、夫婦の部屋に戻る。

先に玄関で靴を脱いで廊下に上がった私は、扉を閉めた嶺さんに待ちきれず口を開いた。

「嶺さん、さっきの続きなんですけど……」

「続き？　ああ、キスのか？」

「えっ、違っ」

うろたえてあとずさると、嶺さんが冗談だと苦笑した。

「そうだろうな。なんだ？」

嶺さんが靴を脱ぐ。切り出したものの尋ねる言葉を探しあぐねながら、私は廊下に上がる嶺さんのために壁際に寄って廊下を歩く。

「つまりあの、私を不破さんに見せたくないのはなぜだったのかなって。それからキス……のときになにを言いかけたのかも、気になって」

いかにも期待しているみたいで、恥ずかしくなってくる。いたたまれず、私は足を止めた。

ばくばくと鼓動が速まる私に目を合わせたまま、嶺さんも立ち止まって体を寄せてくる。

期待と不安で反射的に体が逃げを打って、右肩が廊下の壁についた。

「どちらも、行き着くところはひとつだ」

私の背中越しに、嶺さんが壁に手をつく気配を感じた。とっさに肩をすくめたら、嶺さんが私の前にも手をつく。

これでは逃げられない。両腕で囲われるような形になって、横目ですがるように嶺さんを見あげた私は、息をひゅっと飲みこんだ。

普段の涼しげな視線も、ふたりのときに見せてくれる優しい苦笑も、からかいめいた笑みもない。

男の目で、嶺さんが私を見ている。

「聞く覚悟はできたか?」

ドッ、ドッ、と心臓が脈打つ音が鼓膜を内側から叩きつける。嶺さんにも聞こえているに違いない。

熱を帯びた目に吸いこまれそう。

かすかな期待は胸の内で大きく膨らんでいって、その薄い唇から零れる言葉を今か今かと待ってしまう。

言ってくれなきゃ、どこへも行けないのに。

「聞かせてください……」

知らず、目が潤む。

頭がぼうっとしてくる。

だけど、嶺さんの声はまっすぐ私に届いた。

「君を好きで、どうしようもないところまで来てしまった。そう言おうとしていたんだ」

返事をするまもなかった。吐息ごと、嶺さんの唇に飲みこまれたから。

唇のやわらかさをたしかめるように、嶺さんが舌先で私の唇をなぞる。ぞくぞくと肌が粟立ち、体から力が抜けていく。

離れた唇が、また私の唇を追ってくる。今度は深く求められた。

こんなキス、知らない……っ。

たまらず嶺さんの腕を掴んだ。嶺さんが私の耳元に手を当てて固定すると、口内を奥まで侵入してくる。

男の顔をした嶺さんのなすがままだ。

頭がくらくらして、なにも考えられなくなる。息が浅い。

キスの合間に、嶺さんの手が私の耳元から下りていく。

ホルターネックからのぞく肌のなめらかさを味わうみたいに、嶺さんの硬い指先が首筋を這う。

「んっ」

膝の力が抜けてその場にへたりこみそうになれば、とっさに腰を支えられた。触れられた首筋が熱い。

ほとんど嶺さんに抱き止められる形で体重を預けながら、私はまだぼうっとした頭で嶺さんを見つめる。

「ほんとうに、どうしようもないな……君の心も体も、丸ごとほしい」

苦笑した嶺さんの目が切なげにまたたいて、私が映った。口元がへの字になって、顔が歪んでいく私の顔が。

「私も、嶺さんを好きです。もうどうしようもないです……」

最初はただの社長で上司だった。

だけど、いつも私を私のまま大切にして甘やかして、頼っていいのだと教えてくれて……。

どこよりも安心できる場所をくれて。

もう、ほかのどこにも行けないようにされたら、どうしようもない。

私の髪をさらりとかきあげて、嶺さんが微笑した。

「惹かれ始めた早さでは、俺の勝ちだな。初めて会ったときからだから」

初めて……って、顔合わせをしただけのあのとき?

「嘘……」

「俺を疑うとはいい度胸だ。今からじっくり教えようか。……おいで」

鋭くも甘い声で、寝室に誘われる。心臓が破裂しそう。

「嶺さんっ、まだ夕食前で」

「ああ」

嶺さんは私をベッドの端に腰かけさせると、私の肩にやんわりと手をかけて覆い被さってきた。

「シャワーだって浴びてなくて」

「そうだな」

背中がベッドについたときには、嶺さんの唇を受け止めていた。優しく私を従えるキスだ。

無理やり押さえこまれたわけじゃない。むしろ嶺さんの手も体の重みも、私のことを気遣って加減してくれているのが伝わってくる。私が本気で抵抗したら、あっさり離してくれるに違いない。

けれど、優しくも徐々に深く貪欲になっていくキスに抗えない。

「嶺さんっ……」

「これ以上、待てるわけがないだろ」

紛れもない欲を孕《はら》んだ低い声に、体の芯に熱が灯った。

嶺さんの唇が、私の頬やこめかみ、それから耳元をなぞっていく。耳朶をくすぐるように舐められて、甘ったるい息が漏れる。

私の背を浮かせて、嶺さんがワンピースのファスナーを下ろす。

嶺さんに男の目を向けられると、私の中の女の部分がじくじくと疼きだした。

大きな手のひらが私の肌をまさぐる。そのたびにたまらない気持ちになって、私は甘やかな声を漏らした。

「私、初めてで……どうしたらいいですか？」

「俺を見ていればいい」

「それがいちばん難しいかも……っ」

逞しい体躯を惜しげもなくさらした嶺さんを、直視できる気がしない。恥ずかしさのあまり横を向こうとしたら、嶺さんが私の顎を押さえた。

「俺を見るのは嫌か？」

ふるふると首を横に振る。こんなときに、その質問はずるい。

嶺さんがふっと口元を綻ばせると、また私の肌をまさぐった。

「……んっ」

寄せては返す波のように繰り返す気持ちよさで、体温がじわじわと上がっていく。

やがて嶺さん自身が入ってきたとき、私はひときわ熱い吐息を漏らした。

四章　シーツのさざ波とスーツの独占欲

ひと晩じゅうエアコンをかけていた寝室は、朝方にはひんやりしている。

サイドチェストの時計は朝の五時。中途半端な時間に目が覚めてしまって、私はベッドの中で首をすくめた。

といってもそれ以上は動けない。私の体は、嶺さんに深く抱えこまれているから。

離婚話を取り下げてから、十日ほど。七月に入り、ひとたび外に出ると暴力的な暑さにさらされるようになった。

あれから私は嶺さんと会社では社長と秘書を続けながらも、家ではほぼ毎日のように肌を重ねている……けど。

昨夜も、気絶するみたいに眠ってしまったし。

思い出したら、全身が火照りだした。

クールな顔をして、嶺さんがあんなに情熱的だなんて知らなかった。今だって、私を抱きしめる腕はゆるむことがない。今日は月曜日なのに……っ。

このぬくもりを一度知ってしまうと、離れるのがとても難しい。けれど、お互いに裸なのがひどく気恥ずかしい。

せめて下着だけでも、と体を起こそうとした私は、私を捕らえる逞しい腕によって元どおりベッドに引きずりこまれた。

「まだいいだろ、五時だ」

「嶺さん……っ、そうですけど一枚くらい着させて……」

「いいから」

嶺さんが私の肌に指を這わせ始める。嶺さんに慣らされた肌はたちまち熱を持って、もっととねだるようにくすぶり始めた。

「待って、嶺さん。今日は平日です」

「時間はある。火をつけた君が悪い」

「そんな」

言いつつ、艶めいたため息が漏れた。嶺さんが私の上に覆い被さって囲いを作る。逃げられない。

涼しげな目は、気付かないうちに男の目へと切り替わっていた。

鼓動が早鐘を打って、肌に嶺さんの唇が押し当てられるたびに腰が跳ねる。嶺さんに抱きしめられる喜びを知ってしまったら、引き返せない。

おそるおそる嶺さんに向かって手を伸ばすと、嶺さんが私の手を掴んで指を深く絡める。

絡めた手ごと、私の左手を熱っぽい目で見つめた。

「知沙、結婚指輪を買わないか？」

「指輪……？」

突然のことにあっけにとられてしまい、間の抜けた声が出た。

「でも、あるじゃないですか」

嶺さんの左手には、銀色のシンプルな指輪が光っている。

三年前、私たちの結婚が成立したときに嶺さんが自分で用意したものだ。

私の分はない。書類だけの関係だったし、私には結婚したと示す印なんて要らなかったから。

「結婚指輪を買い替えたら、目ざとい社員に気付かれます。なにがあったのかと勘繰られますよ……？」

「知沙を妻だと公表する、いい機会じゃないか」

「でも、私たちが夫婦だと知られたら困るじゃないですか！」

「俺は困らないが、知沙は困るのか？」

「困っ……らないんですか？」

真顔で訊き返され、考えこんでしまう。

あの雇用契約については口外厳禁だったし、再会してからも嶺さんは結婚について職場では一切口にしなかった。

だから結婚自体も口にしてはいけないのだと思いこんでいたけど、違ったということ？

でももしも嶺さんの相手が私だと知ったら、職場の皆さんはどう思うんだろう。

「やっ、やっぱり待ってください。社長と結婚していたのは私だなんて、今さらそう簡単には打ち明けられません。タイミングとか色々、考えないと……」

騙していたと思われてもしかたない。

まして、嶺さんと釣り合わない私じゃ反感を買うのも間違いない。

かたや、ヨーロッパにも販路を広げた老舗時計メーカーの創業者一族の御曹司で社長。かたや、短大出の平社員。格が違いすぎる。

自分なりに一生懸命やってきたと思うから、卑下はしたくない。周りの反感だって耐えられる。

でも、ほんとうならいくらでも素敵な女性を選べる立場だったのに、私と結婚せざるを得なかった嶺さんの評判まで落ちるのだけは……。

「私は指輪がなくても平気ですし、嶺さんだってわざわざ新しい指輪を買う必要はないと思います。このままで……」

繋がっていた手を引こうとすると、嶺さんに強く握りこまれた。

「営業部の若い部長が、君を熱っぽく見つめていたのを見かけた」

面食らった。突然、なんの話だろう。

嶺さんの話はまったく身に覚えがない。

「パントリーで話しかけられていただろ。彼はまだ二十八らしいな。君に気があるのは明らかだった」

「ええ？　まさか。私みたいに地味な女をそんな目で見る人なんて、いるわけないですよ。それにそれがなにか……」

笑い飛ばしかけた私は、嶺さんに腰を引き寄せられた。さっきよりも強引なキスを浴びせられ、息が上がる。

「知沙は、自分の魅力を自覚したほうがいい。俺のいないあいだに、ほかの男を引き寄せられては困る。やはり指輪は必要だ。遅くなったが、結婚式も挙げよう」

「本気ですか……？」

「嫌か？」

困惑して視線を落とす。嫌じゃない。嫌なんじゃなくて。

「俺の前で本心を隠さないでくれ」

「違うんです。嬉しくて……こんな幸運が私に起きていいのか怖くなったんです」

弟が夢を叶えて医者になるのが私の幸せだと思っていたから、ほかに幸せが訪れる可能性を考えたこともなくて。だからこそ、形だけの結婚にも抵抗がなかった。

でも、嶺さんに切なげな目で好意を告げられて、逞しい胸に受け止められた。それが、怖いくらい幸せで。

それだけでじゅうぶんなのに、ふつうの夫婦がするように結婚式まで挙げようだなんて。

「怖がる必要はどこにもない。むしろ俺は、もっと早く君との距離を近づける努力をすればよかったと悔いている。そうすれば三年間、君をひとりにさせずにすんだ」

香港支社での、いつ倒れてもおかしくないほどの激務を思えば、実際にはどうすることもできなかったはず。

それでも、嶺さんがそう言ってくれる気持ちが嬉しい。

「指輪も、式も。俺は、知沙ときちんと始めたい」

そうやって誠実に気持ちを示してくれる人だから、私は嶺さんを好きになったんだろうな。

だから、きっと。どんな反感を買っても大丈夫。

「私も初めからやり直したいです。だから、式とか指輪の前に……ひとつだけ」

私が気がかりを伝えると嶺さんが目を見張る。でも、私の提案を喜んでくれた。

ここからまた始まるんだ。

今さらではつが悪いけれど、同時にくすぐったくもある。すっきりと心が晴れやかになる予感もある。

くすくすと笑ったら、嶺さんが私のこめかみにキスをした。それから、唇にも。

「そろそろ本題に戻るか」

不埒《ふらち》な手が思い出したように、私の腰のなだらかな曲線を撫でる。

ぴくんと肩が跳ねた。

「ほ、本題って」

「まだ俺の腕の中から出ていくな。君がいるとよく眠れるから」

それは私がいるからじゃなくて、今も続いている毎晩のハーブティーのおかげだと思う……けど。

私を見下ろす嶺さんの目からは、欲情だけじゃなく甘えてくれている雰囲気も伝わってきて。

滅多に見られない姿に胸をくすぐられて、屈してしまった。

「あと、少しだけですからね……」

少しどころか、嶺さんは出勤に間に合うギリギリまで、私を離してくれなかった。

遅れるのではないかとひやひやする私とは真逆に、嶺さんは悠然とした態度で社用車に乗りこんだ。嶺さんは車内でも仕事をするので、彼が集中できるように私は助手席に座る。

爽やかな紺のスーツを着た嶺さんは、夏真っ盛りなのに平然として暑さを少しも感じさせない。それどころか、会社のトップにふさわしい佇《たたず》まいを感じさせる。

この人が私の夫だなんて、夢みたい。

さっそく後部座席でノートパソコンを開く嶺さんに、私は助手席で気を引きしめるとタブレット端末を手にする。

「本日のスケジュールを共有してもよろしいですか？　まず、九時よりアメリカの『パース社』と定例web会議、その後十一時より『華枝機械《はなえだきかい》』と、駆動部の新パーツの件で打ち合わせの予定です。資料は共有フォルダに整理しておりますので、ご確認をお願いします」

今日の嶺さんは、出社の前に素材メーカーでの打ち合わせが予定されている。私は嶺さんを打ち合わせ先まで送ってから出社だ。

嶺さんが資料に目を通すのをバックミラーで確認しながら、私もタブレット端末を操作する。

そういえば一度も尋ねられなかったけれど、運転手の松重《まつしげ》さんは私たちが夫婦だと知っている……のかな。

運転席を横目で見ながら気恥ずかしくなっていると、後部座席の嶺さんから声をかけられた。

「ところで今朝、君が言っていた件だが。パーティーのあとを考えている」

「えっ？　あ……嶺さんのご両親への挨拶ですね」

気がかりがある、と嶺さんに相談した件だ。

指輪や式をきちんとしようと言ってくれた嶺さんの気持ちは、もちろん嬉しい。

けれど三年間も〝妻〟でありながら、私は嶺さんのご家族に挨拶できていなかったのだった。

書類上だけの立場だった事情もあり、これまで気になりながらも言い出せなかった。

でも嶺さんとほんとうに夫婦として生きていくなら、きちんと挨拶したい。

私はそう嶺さんに伝えたのだった。

職場での公表も含め、すべてはその挨拶のあとにしたい、とも。

「パーティーって、創業記念のですか？」

今年は東堂時計の創業七十周年を記念して、様々なイベントが展開される予定だった。

その目玉が、得意客や取引先を招いての創業記念パーティーだ。

「ああ。東堂家は全員パーティーに参加予定だ。君さえよければ、終了後に引き合わせたい」

「ありがとうございます、ぜひ……！」

軽く頭を下げてタブレット端末に視線を戻すと、共有カレンダーのパーティー当日の欄には、すでに顔合わせという件名も登録されていた。嶺さんが登録したのは疑いようもない。

なに食わぬ顔で、この短時間のうちに登録してくれたのかと思うと、頬がゆるんだ。

と同時に緊張する……！

三年も挨拶に来なかった嫁なんて、印象はきっと最悪だ。少しでも信頼を回復しないと。

「ちなみにご家族はその、契約のことは……?」

「知らないはずだが、知ったところで文句を言われるのは俺だ。知沙は心配しなくていい」

そう言われても、嶺さんが責められるのも見たくない。

「でも、私もきちんと私の気持ちをお伝えしますね。きっかけはどうであれ、今の気持ちに嘘はないですし。大事な人の大事なご家族ですから、皆さんと仲良くなりたいです」

緊張するし怖い気持ちもあるけれど、嶺さんの家族に会えるのは純粋に楽しみでもある。

「……結婚したのが、君でよかった」

さらりと零された言葉に、顔が熱くなる。

「私もです」

ほんとうに、嶺さんでよかった。

契約結婚をするほどだから割り切った考えの持ち主かと思っていたけれど、実は情熱的で、深い愛情で包んで安心感をくれる人。

そんな嶺さんを知ることができて、好きになって……これからもっと、好きになる予感がある。

「創業記念パーティーも、絶対に成功させましょうね。私、もっと頑張りますから」

「ああ、よろしく頼む。無理はするなよ」

細められた目が、蕩《とろ》けそうに甘い。この目を向けられるだけで、なんでもできる気がする。

だからなにも問題ないはず。

このときの私はそう信じていた。


嶺さんと顔合わせの話をしてから三日。

毎日のように耳にする〝猛暑日〟の予報だけで、早くも夏バテになりそうだ。

昼休憩から戻ってパントリーで自分用のハーブティーを用意していると、専務の外出に同行していた笠原さんが、手で首を仰ぎながら「お疲れさま」と顔を出した。

「こうも暴力的な暑さが続くと、もう同行したくないと思うわね」

「専務の同行、お疲れさまでした。熱中症に気をつけてくださいね」

笠原さんは帰ってきたところなのだろう、後れ毛が汗でこめかみに貼りついている。私はシンクの前を笠原さんに譲り、端のほうで茶漉《こ》しをマグカップに入れてお湯を注ぐ。

役職者専用フロアのパントリーは、ほとんど秘書グループ専用みたいなものなので、シンクも冷蔵庫も広々と使えるのがいい。私も、自宅から持参した茶葉をここに置いているし。

「これ、あげるわ」

笠原さんが、洒落《しゃれ》たショッピングバッグからポップなデザインの箱を取り出す。中から銀紙に包まれたチョコレートをひとつ摘まむと、私の前に置いた。

「同期が私を慰めるためにくれたんだけど、知沙ちゃんのほうがよっぽど大変だと思うから。これでも食べて頑張って」

「大変って……？」

「やだ、気に障ったなら謝るわ。その……ね、私には専務の秘書という本来の業務があるのに、知沙ちゃんのサポートまでする必要はないって、同期が勝手に怒ってるだけなのよ。社長も秘書がひとりでは心許ないでしょうし、私は気にしていないのにね」

銀紙を剥いてチョコレートを口に入れた私は、笠原さんの話に目を見開いた。

外の暑さで溶けかけていたのだろう、もったりした甘さが舌にまとわりつく。それがなんだか不快に感じられた。

「それって……笠原さんも、社長秘書の業務をされてるってことですか……？」

「あら、初耳？　社長も知沙ちゃんに気を遣って、言わなかったのかもしれないわね。お気持ちを尊重して、知らないふりをしてあげて」

「でも」

「大丈夫、私が請け負ったのは経営計画の策定補佐とか、そんなところよ。知沙ちゃんの雑用とは被らないでしょ？　だから気にしないで、困ったときは助け合わないとね」

「そうですが……」

チョコレートを頬張る笠原さんから、私は視線を落とした。

私ひとりでは不十分。笠原さんの補佐が必要。……そうかもしれない。経営計画の策定だなんて、私にはきっと手に余る。

だけど、嶺さんが私に黙って笠原さんにサポートを指示したなんて……。

「それより、この暑いのにハーブティー？」

笠原さんはペットボトルに入ったフルーツ風味の水を美味しそうに喉へ滑らせる。

気分が晴れない私と対照的だ。

「……はい、冷え性なんです。エアコンもちょっと苦手で」

「そうなのか？」

ぎょっとしてパントリーの入り口を見やると、通りがかったところなのか、嶺さんがパントリーに入ってきた。

「社長、お疲れさまです。今日もお忙しそうですね」

笠原さんはいつのまにかチョコレートもペットボトルも片付けている。艶やかな笑みを瞬時に作れるのは、さすがベテラン秘書。

それに比べて私はといえば、複雑な気分だ。

毎日、長い時間を一緒に過ごしているというのに、嶺さんの姿が目に入るだけで心臓が騒いでしまう。

同時に、笠原さんの話も頭にこびりついていて、もやもやした気分を拭《ぬぐ》えない。

ふと嶺さんと目が合ったら、嶺さんが一瞬だけ目を細めた。愛おしげな光がちらついて、心臓が跳ねる。ここは職場なのに……！

動揺して思わず手で顔をあおぐ私と反対に、嶺さんはいたって平静だ。

「周年イベントが近いからな。君たちにも負担をかけるが、よろしく頼む。ところでやはり、俺や専務の部屋は君たち女性にとっては寒いか？」

役職者の個室は、秘書の部屋と続き部屋になっている。一応は仕切られているとはいえ、嶺さんは来客のないときは内扉を開放しているので、ふたつの部屋はほぼおなじ室温だ。

「いえ、社長が快適にお過ごしになるのがいちばんですから。ね、羽澄さん」

「はい」

嶺さんが頭上でパントリーの入口に手をついた。

「君たちの働きがあってこそ、俺たちも成果を出せる。だから、羽澄さんは俺の前で我慢してはいけない。部屋の温度は検討しよう。ところでそのハーブティー、懐かしさを誘う香りだな。俺にもくれるか」

ハーブティーは、私が毎晩、嶺さんに淹れている香りのもの。

懐かしさだなんて言われると、否応なしに家での甘い時間を思い出してしまう。もしかして、わざと？

でも、笠原さんもいる前で思わせぶりに言わないで……！

「っ、すぐお持ちします」

「ありがとう。楽しみだ」

嶺さんは私の動揺を知ってか知らずか、いつものごとく颯爽《さっそう》とした足取りでパントリーを出ていく。

私は嶺さんの分もハーブティーを淹れるべく、茶葉をふたたび袋から取り出した。

ふしぎと、もやもやとした気分が薄れている。

うん、私は私にできることをしよう。

笠原さんが嶺さんと別の業務をしていようと、私は私。

私らしく、嶺さんだけ見ていよう。

「……なによ、あれ」

ふいに、隣で嶺さんの背中を見つめていた笠原さんが苦々しそうにつぶやいた。

「え?」

訊き返した私は、思いがけない笠原さんの目にたじろいだ。

どこか暗い光を孕んでいるように思うのは……気のせい?

笠原さんはすぐに暗いまなざしを消して、「先に戻るわね」と背を向けてしまったけれど。

七月の終わり、夜になり煌々と明かりのついた街路は、むせ返りそうな熱気で溢れている。

数寄屋造《すきやづくり》の邸宅は、和食が恋しいという海外帰りのお客様のために手配した隠れ家的存在の料亭だ。

今日の会食は、嶺さんがもてなす側。私は会食相手へのおもたせを渡すために、嶺さんに続いて車を降りようとした。

ところが、ドアを開けて私が降りるよりも早く、先に降りた嶺さんが助手席のドアの隙間から私が手にしていた紙袋をひょいと取りあげた。

「俺が持っていく」

「ですが、本日はこちらが接待する側ですし、お客様には私からお渡ししたほうがよいかと」

今日の会食相手は、いくつもの街づくりを手がけ、ブランド化してきたディベロッパーの常務取締役役。

同社が三年後に開業を予定している、ホテルや文化施設、商業施設や医療モールなどを揃えた複合施設『東京《とうきょう》リンクス』に、東堂時計の旗艦店《きかんてん》をオープンさせるべく、嶺さんは日下交渉中だ。

国内でも注目度の高い高級複合施設に自社ブランドの、最高級ラインだけを扱う店舗をオープンさせるのは、東堂時計の販売戦略においても重要な位置付けだった。

つまり今日は相手を立てつつ、東堂時計が魅力的なパートナーになり得るところを示さなければならないのだ。

それに、これは先輩方に聞いた情報だけど……。

四十代半ばだという会食相手は朗《ほが》らかで、嶺さんとはまた違ったタイプのイケメン、いわゆるイケオジというやつらしい。

しかも若い世代が住む街づくりを手がける職業柄もあって、積極的に若い女性の意見を聞くのだとか。

気さくな態度もあって、会う女性をたちまち虜《とりこ》にする……というのは余談だけど、私がいたほうが話のとっかかりができるのでは。

「いや、羽澄さんの同席は要らない」

仕事だから苗字、それも旧姓で呼ばれるのはなにもふしぎじゃない。

けれど先日の笠原さんの話を聞いたあとでは、秘書としての私は役に立たないと突き放されたように思えてしまう。

「……わかりました、いつもどおり先に上がりますね。ではいってらっしゃいま——」

気落ちしたのを気取られたくなくて、ことさら明るい表情を作る。ところが私が助手席のドアを内側から引くより早く、ドアが大きく開いた。

身を屈めた嶺さんが、素早く私の唇を塞ぐ。

突然のキスに、私は仰天して目を見開いた。

「っ……！」

一瞬のキスはすぐに離れ、嶺さんの唇に私の口紅が移った。

「悪いが、今夜の相手には君を見せたくない。君がほかの男に目をつけられるのは……はっきり言って不快だ」

それってどういう……っ？

聞き返すより先に、嶺さんがふたたび身を屈めてくる。嶺さんの目は、社長ではなく男のものに切り替わっていた。

息をつめてしまう。だけど、助手席に座っていては身じろぐこともできない。

さらりとした嶺さんのやわらかな髪が私の首筋をくすぐると同時に、カットソーの襟ぐりがくん、と引っ張られる。

「きゃっ」

悲鳴というにはお粗末な声が漏れたときには、胸元にちくりと小さな痛みが走ったあと。

顔を上げた嶺さんが満足そうに口角をゆるめる。凄絶な色香にめまいがした。

「これで、外に出られなくなったな」

「えっ……あっ」

顔から火が出そう。

襟ぐりで隠れるか隠れないかの際どいところ……ううん、ぎりぎり見えてしまう場所に赤い痕《あと》がついていた。

「嶺さんっ、なにするんですか」

「これでも普段は我慢している。だが今夜だけは別だ。知沙は俺のだろ」

今の私は顔が真っ赤になってるはず。

名前で呼ぶなんて、つまりは秘書としてじゃない私への独占欲を示されたわけで。

「家で待っててくれ、知沙」

頭が沸騰しそうでくらくらしながら、私は小さくうなずくことしかできなかった。


先にお風呂に入り、ノースリーブとショートパンツの部屋着に着替えていた私は、夜遅くに帰ってきた嶺さんを玄関で出迎えた。

「お帰りなさい」

「ただいま、知沙。まだ赤いな」

嶺さんの目がかすかに笑っている。私は思わずカットソーの胸元をギュッと握った。

「これじゃ、明日からしばらく首の詰まった服しか着られません……！」

「そうだな。夏だからといって、職場で肌を見せるのは褒められたものではない」

嶺さんは靴を脱いで上がると、私が握った手をどけて赤い痕をたしかめる。嶺さんの吐息が湯上がりの肌にかかって、体の芯に火が点る。

「白い肌によく映える」

「……嶺さん、楽しそうですね？　前は、そんな風に笑う人だなんて思いもしませんでした」

「そうだな。自分でも驚く」

嶺さんが思わせぶりな上目遣いで私を見る。

それだけでドキドキしてしまう。

職場での姿からはまったく想像ができない、甘くて艶っぽいまなざし。私だけに見せてくれるこの上目遣いに、私はからきし弱い。

最初につけられた痕の隣を吸い立てられれば、たまらず吐息めいた声が漏れた。

「知沙、君に渡したいものがある」

嶺さんがますます楽しそうにしてネクタイをゆるめると、私を連れてリビングに入る。

リビングの床に鞄を置いた嶺さんに、腰を軽く引き寄せられた。嶺さんが夏用スーツの内ポケットから手のひら大の白い小箱を取り出す。

「これを身につけてほしい」

「なんですか……？」

受け取った小箱には、赤いリボンがかけられていた。

指輪かと思ってドキッとしたけれど、リボンを解いて箱の中から現れたのは別のものだった。腕時計だ。

「これは……？」

文字盤やリューズにダイヤモンドが贅沢にあしらわれた、クラシカルなレディースウォッチ。

手首を華奢《きゃしゃ》に見せてくれるバンド部分も洗練を感じさせ、身につけるだけでランクアップしそうな雰囲気が漂う。

東堂時計のものであるのは明らかだけれど、既製品のラインナップにはなかったように思う。ひょっとしてオーダー品かも。

「三年前に君と顔合わせをしたあと、空港へ移動する途中で手配した。契約を承諾してくれた君への礼として、渡そうと思った。だが勇んで作らせたはいいが、深行に止められた」

「不破さんは、なんて？」

「俺が香港支社長だからという理由で、万が一、深読みされたらどうするんだと指摘された」

中華圏では、不吉な意味の単語と発音がおなじという理由から、時計を贈る行為はタブーとされるらしい。

腕時計の場合は発音が異なるので、厳密には許容範囲内だそうだけれど。

「私が不吉に思うかもしれないってことですか？　嶺さんが香港在住だったから？　まさかそこまで深読みしませんよ……」

「俺もそう思ったが、無視もできなくてな。それに書類上だけの関係の相手から、いきなり礼にフルオーダーの時計を渡されても〝重い〟に違いない、とまで深行に言われると、返す言葉もなかった」

嶺さんが気まずそうにする。

その表情がくすぐったくて、場違いだと思いながらもくすくすと笑ってしまう。

「それで、今日まで持っててくださったんですか？　お礼として渡しても〝重く〟なくなるまで？」

「いや、正確にはそうじゃない。君と過ごすうちに……俺にとって、この時計がただの礼という意味だけじゃなくなった」

感謝だけでなく、この先もそばにいてほしいという願いをこめて。

口にされなくても、嶺さんがそう思ってくれたことが伝わった。

「だから、刻印をしてから渡したかった。それで工房に出していたら、今日になったというわけだ。買った日から思えば、ずいぶん経ってしまった」

優しい声が私の耳を撫でて、私はうながされるまま時計をそっと裏返した。息をのむ。

文字盤の裏側には、三年前の日付が刻まれていた。

「俺の中では、その日がほんとうの結婚記念日だ」

――初めて嶺さんに会った日。すべてが、ほんとうに始まった日。

私の腰に、嶺さんが優しく腕を回した。

「まだしばらく指輪をつけられないなら、せめてこれをつけてくれ。これなら、会社でつけても自社製品を買っただけだと思われる。問題ないだろ」

すぐには言葉が出なかった。

三年間、私に渡すために持っていてくれた。その気持ちが、胸に広がって。

「……っ、ありがとうございます。今つけてみてもいいですか？」

「いや、俺がつける」

言うが早いか、嶺さんが私の左手を取る。

鼓動が速まり、触れられた手が熱くなった。嶺さんに触れられるだけで肌という肌が敏感になってしまうのは、いつまで経っても変わらない。

私よりひと回りは大きな硬い左手に、私の手が乗せられる。

嶺さんがつう、と私の左手首を指先でなぞる。

背中がぞくりとして息をのむと、文字盤のひんやりとした感触が手首に当たった。

革のベルトで固定される。まるで嶺さんに捕えられたみたい。

私の〝時〟は嶺さんのもの……なんて。思い浮かんだその考えに、ひとりで赤面してしまった。

「きちんと始めると言いながら、婚約指輪は時機を逸したからな。これは、その代わりだ」

「じゃあこれは、婚約の証……」

「君は俺のだという印でもあるな。毎日、鬱血痕《うっけっこん》を残すわけにもいかないから」

嶺さんが時計を嵌めた私の手首をするりと撫でる。情欲と、愛おしさをにじませた触れかたに、心臓がうるさく脈打ち始める。

「嶺さんっ。そんな人だなんて、ほんっとに意外です！　職場では、仕事ひと筋の疲れを知らない超人だなんて呼ばれてるのに……っ」

「俺が超人ではないことくらい、君は三年前から知っていただろ」

嶺さんだって疲れるし、体調を崩すこともある。

ただ、ふつうの人では真似できないほどの努力も、疲れも、人には見せない人だった。それだけ。

そんな嶺さんを、私は知ってる。知ってるけど……！

「仮に、俺がなににも動じない超人だったとしてだ。俺をただの独占欲の強い男に変えてしまったのは、知沙だろ」

「私？」

「そう、君がかわいいのがいけない」

首筋に吐息がかかって、頭を屈めた嶺さんの薄い唇が押し当てられる。湯上がりでほんのり上気した肌が粟立った。

のぼせそう。

甘い息が漏れて喉を反らしたら、腰を抱く手に力がこもった。顔を離した嶺さんが片手で自身のシャツのボタンを外し始める。

ああ、男の目をした嶺さんがいる。

「んっ……」

仕掛けられたキスは、長い夜の始まりだった。

五章　本物の夫婦

創業七十周年記念パーティーの日が目前に迫り、職場全体に浮き足立った雰囲気が漂うようになった。

私たち秘書グループにも、毎日のように総務や広報から創業記念イベントに関わる確認メールが届く。

パーティーは、都内の老舗ホテルのバンケットを借り切って開催される予定だ。

招待客の席順や料理、招待客に配るお土産の準備、はては当日のスピーチの内容や時計を着用してプロモーションを行うモデルの手配などまで、確認すべき内容は多岐にわたる。

特に私は社長付きのため、ほかの役職者付きの秘書との調整事項も多く、連日のように残業が続いていた。

もちろん、嶺さんは言うに及ばない。今日も、嶺さんは創業を記念して立ちあげる新しいキャンペーンのために昼前から外出している。

留守番の私は、嶺さんが冷房の温度設定をゆるめてくれた社長室で、パーティー関連のメールに目を通していた。

「羽澄さんに、羽澄様から……ご家族からお電話です」

内線を取ると代表電話の窓口からだった。私は外線を回してもらう。

昴？　でも昴なら私の私用スマホの番号を知っているはずなのに、なにがあったんだろう。

怪訝に思いつつ電話を取った私は、はっと肩を強張らせた。

『久しぶりだな、知沙』

「……っ、伯父さん」

嶺さんが伯父さんを牽制してくれて以来、連絡はなかった。だから油断していたのだ。

今は社長室に私しかいないにもかかわらず、私は思わず声をひそめた。

「本日は、どのようなご用件でしょうか」

『どのようなご用件、だと？　お前が私に連絡しないから、こうして会社まで連絡したんだろうが』

「そ、それは先日、夫が同席の上でお返ししますとお伝えしたはずです」

怒気のこもった声に怯みそうになったけれど、あの日の嶺さんを思い返せば恐怖心が薄れていく。私はきっぱりと電話口で告げた。

けれど、伯父さんはまったく動じなかった。

『知沙は社長にそんな手間をかけさせるのか？　それでも秘書なのか』

ぎくっとした。それを言われると痛いし、声が震えそうになる。

でもここで引いたら、あのとき庇ってくれた嶺さんの気持ちを台無しにしてしまう。

そんなのは嫌。

「夫は、手間だなんて思うような人ではありません。お金の返済については、夫の都合を確認してからあらためて連絡します」

電話口の向こうで、伯父が沈黙する。

ところがややあって、伯父の声音がさらに低く……暗く切り替わった。

『――社長との結婚は、ただの雇用契約だろうが』

受話器を取り落としそうになった。

「なん、の話……」

喉がカラカラに乾く。脈が一気に乱れて騒ぎだす。

なのに頭が真っ白で、まともな思考が出てこない。なんで伯父さんがそのことを
知ってるの……⁉

『知沙は、金で買われた妻なんだろう？　そうと知っていれば、俺がなんとしてでも昴の学費を工面してやったのに』

「おっしゃる意味がわかりません……っ」

『仮にも老舗企業の社長が金で妻を買ったと知れたら……どうなるだろうな？』

なぜ伯父さんが誰にも話したことのない契約について知っているのかは、わからない。けれど、これは脅しだ。

伯父さんとふたりで会うのを、私が拒否したから。

「私たちはちゃんと夫婦です。勝手な憶測を言わないでください」

『俺も、かわいい姪にこんなことは言いたくない。だが最初から、あの社長がろくに取り柄もないお前を選んだのには裏があると思っていた。契約だと知って納得だ』

ろくに取り柄もない。契約だと知って納得。

そんなこと、誰に言われなくても私自身がいちばんよく理解している。

私は電話口で奥歯を噛みしめた。

『しかし大事な姪が利用され、もてあそばれたとなるとこっちも黙ってはいられないな。あらためて代表電話にかけるか。御社の社長は金で社内の人間を、それも秘書を妻として買ったと言ったら、どう出るだろうな？　いや、社外のほうがいいか。このネタをほしがるところはいくらでも――』

「待ってください！」

嶺さんとは思いが通じ合っている。伯父さんがなにをしてきても、否定すればいいだけ。そう思うのに、考えるより先に口走っていた。

ただでさえ、創業七十周年を控えて積極的に広告宣伝を打っている時期。そんなときに社内で不穏な噂が立ったら？　それが外に漏れたら？

嶺さんの立場が、危うくなる……！

「社長はなにも悪くありません。あれは私が社長に持ちかけたんです！」

嶺さんの立場がまずくなるくらいなら、私がお金ほしさに契約結婚を強要したことにすればいい。

私はなんと言われてもかまわない。でも、嶺さんは守らなきゃ。

『もう少しまともな嘘をつけ。お前の見た目で、社長を相手に色仕掛けができるわけないだろうが。それとも社長にそう言えと指示されているのか？　やはり、契約書を白日の下にさらすのがよさそうだな』

契約書が、伯父の手元にあるはずがない。

あれは、嶺さんに返すつもりで机に――。

私は受話器を耳で挟み、嫌な予感に急き立てられるようにして鍵を鞄から取り出した。自席のいちばん上の引き出しを開ける。

嘘……！

ない。鍵つきの引き出しに仕舞っていたのに、雇用契約書がない。

「お……伯父さんがお持ちなんですか。どうして……？」

伯父さんは返事の代わりに電話口の向こうでひとしきり笑うと、余裕たっぷりに次回の日付を指定した。

「その日は行けません！　会社の大事なイベントがあるんです。ほんとうにやめてください」

よりによってパーティーの日だなんて、とんでもない。それだけじゃない。その日は大事な、嶺さんの家族との顔合わせもあるのに。

頭がガンガンと痛む。私は受話器を握る手に嵌めている腕時計を震える手で撫でた。

社長室にいるときだけ必ず嵌めている、婚約の……結婚のしるし。

『お前ひとりなら、欠席しても支障はないだろうが。それよりも、俺がこの契約書をどうにかする前に会うほうが得策だと思うがね』

嶺さんの足を引っ張りたくない。

伯父さんの声は呪いのように響いて、私の耳からいつまでも離れなかった。

＊

外出先から戻ってきた夕方。

三度目の「羽澄さん」という呼び声でようやく、自席で考えこんでいた様子の知沙がガラス越しに俺を見た。

開放された内扉から、あたふたと駆け寄ってくる。

「――はいっ、なんでしょうか？」

「新キャンペーンの展開方法について、急ぎ関係各社と会議をしたい。調整を頼む」

「……」

「羽澄さん、はす……知沙？」

「はいっ、えっと……会議ですね、会議。申し訳ございません、なんの会議……」

俺の席の脇に立った知沙が、顔を歪めてタブレットを操作する。

仕事中の知沙は、いつも打てば響くような反応をする。俺の求めるものを察して、先回りできる気配りもある。今日も、朝のうちは通常どおりだったはずだ。

だが、この反応は明らかにふつうではない。

俺は自席から立ちあがりざま、知沙の華奢な手首を掴んだ。

「なにがあった？」

知沙は目を揺らして俺を見返したかと思うと、激しくかぶりを振った。

「いえ、なにもありませ……っ」

「ごまかさないでくれ。さっきから様子がおかしい。俺の留守のあいだに、なにがあった？」

「ご心配をおかけして申し訳ございません。でもほんとうになにもありませんから」

俺が掴んだ手を、知沙が引き抜こうとする。だが離す気はない。

知沙もそれを察したらしく、ややあってから目を伏せた。

「……実は万年筆をなくしてしまって。すみません、大したことじゃないんですが」

「どんなものだ？」

「桜色で、私のイニシャルが入っていて……弟が私の入社祝いに買ってくれたものなんです。引き出しに仕舞っていたはずなんですが、見当たらなくて」

嘘を言っているようには見えない。しかし、先ほどの深刻そうな様子を照らし合わせると、どうにも違和感が拭えなかった。

「それだけか？」

「……はい、それだけです」

知沙が目を合わせない。知らずため息が出た。

「どこかに転がったのかもしれないな。俺も注意して見ておこう」

職場でもあると思い直し、ひとまず追及せずにおく。俺はわずかな未練を残しつつ手を離した。

知沙はほっとした顔で手を引き寄せると、タブレットを表示させる。

「すみません、業務と関係ない話をしてしまいました。ところで、会議のメンバーですが――」

知沙は表向きは笑顔だったが、その日は帰宅してからもずっと上の空だった。

その張りつめた顔が、いつまでも俺の頭に貼りついていた。

翌朝、俺は出勤すると社長室へ向かう知沙と別れ、専務の個室に立ち寄った。

知沙の同僚秘書である笠原なら、彼女から話を聞いているかもしれない。

それに今回の件は別としても、実は以前から笠原と直接話をする機会をうかがっていた。

知沙が社外への発送物を取り違えるミスをした際、気付いて対処したのは笠原だったが――。

「社長は今日も素敵でいらっしゃいますね。毎日お忙しいのに、少しもお疲れにならないようなんですもの、さすがに社長となる方は違いますね」

社長室と同様の造りだがひと回り狭い部屋を覗くと、笠原が微笑みを浮かべて近付き頭を下げた。

「ところで今日はなにか？　専務でしたら、まだ出勤されておりませんが……？」

笠原が長い髪をかき上げる。その、モーヴピンクに塗られた親指には、ストレスによるものなのか爪を噛んだらしい痕があった。

知沙の、ネイルこそ塗っていないが清潔感のある短い爪とは、ずいぶん差がある。

「知っている。だから来たんだ。君に聞きたいことがあってね」

俺は専務室から手前の秘書の席へ戻ると、笠原が内扉を閉めるのを待って切り出した。

「笠原さんはたしか、羽澄さんと親しかったね？　昨日、彼女の様子がおかしかったのだが、なにか聞いていないか？」

いいえ、と笠原がかぶりを振る。

「でも知沙ちゃ……羽澄さんは気が利くように見えて、案外抜けてますから。またミスをしたのかもしれませんね」

「抜けていると感じたことはないな。いつも助かっている」

「でも、この前は危うく華枝機械にも被害を及ぼすところでしたよね。あのときは私が、機密文書が紛れていることに気付いたからよかったものの……。いつまたあんなミスをされるかと思うと、目が離せません」

「……本気でそう思うのか？」

無意識に声が鋭くなる。

「ええ、もちろん。社長も迷惑をかけられてはお困りになるでしょう？　実は、あの件を受けて本人から相談されたんです。自分には社長秘書は荷が重いから、代わってほしいと……ひょっとして様子がおかしいのはそのせいではないでしょうか」

そうだろうか。あり得ない話ではなかったが、知沙らしくない。少なくとも、俺が知る知沙ではないという気がした。

知沙には自ら積極的に学ぶ姿勢がある。一度のミスで、そこまで思いつめるとは考えにくい。

彼女なら、ミスをなくすべく努力するほうを選択するはずだ。

ではなぜ笠原はそのような嘘をつくのか。しかも、彼女の発言にはほかにも引っかかる点があった。

知沙が頼りにする先輩だと聞いていたが、事はそう単純ではないのかもしれない。

「だとしたら、羽澄さんに正しく伝えなければならないな。彼女の能力には非常に満足している。だから、悩みがあるなら力になってやりたい」

「ずいぶん彼女を買っておられるんですね。……そのお気持ち、私からも羽澄さんに伝えておきますね」

笠原のお辞儀はにこやかに見えて、その実、暗く粘ついたものを感じずにはいられない。

薄ら寒いものを覚えつつも、知沙の様子について手がかりもなく帰りかけたとき、机上のあるものが目に留まった。

「その万年筆、羽澄さんがなくしたものとそっくりだな」

桜色のボディー。知沙のイニシャルである、Cの刻印。

「え……ええ、それ、羽澄さんから借りたんです。あとで返しに行きますね」

かすかにうろたえたように見えたが、笠原はすぐに笑みを貼りつける。重ねられた嘘に、腹の底から煮えるような怒りが静かに膨らんだ。

「なるほど、ではもうひとついいか。君はなぜ、あの書類が華枝機械に関する機密文書だと知っている？　君が中身を読む暇はなかったはずだ」

笠原は知沙の作業中、件の文書の混入に気付いて彼女から書類を取りあげた。そしてその足で俺のところへ知沙のミスを報告にきた。

しかも書類は専務自身が作成したドラフトで、俺も初めて見るものだった。知沙も当然、内容は知らなかった。

「君があの文書を専務の部屋から持ち出して、故意に紛れこませた。そういうことではないのか？」

笠原の顔がみるみる蒼白になるのを、俺は黙って見守った。

＊

キッチンで夕食の支度をしていると、玄関の鍵が開く音がした。嶺さんが帰ってきたらしい。

リビングの壁掛け時計を見るけれど、まだ夜の七時半だ。おかしいな、今夜は会食と聞いていたのに。

「おかえりなさい。早かったですね」

手を拭いて玄関に出ると、仕事帰りでも着崩れたところのないシャツとスラックス姿の嶺さんが廊下に上がってくる。

「先方の都合で会食がキャンセルになったんだ。……今から夕食か？」

リビングに入った嶺さんがネクタイをゆるめながら、出汁と醤油の匂いのするキッチンを見る。

「はい、簡単にすませるつもりだったんです」

嶺さんは会食が多いので、平日の夜はほとんどひとりだ。

夕食を一緒にしたいという提案が実現した日は、まだ片手で数えるほどしかなかった。だから久しぶりのチャンスだ。

「でも、久しぶりに夕食をご一緒できますね！」

「俺もおなじことを思っていた。先方には悪いが、ラッキーだと」

いつも涼しい目が心なしか輝いている。え、かわいい。

七歳上の男の人、しかも上司にそう思うのは失礼かな。けれど職場の嶺さんはあまり表情を動かさないだけに、ギャップに胸がくすぐられる。

……そんな嶺さんを守るには、どうしたらいい？

「俺もやろう。手を洗う」

「えっ、いいですいいです。それより今のうちにお風呂をどうぞ」

物思いに沈みかけた私は、慌ててかぶりを振った。ネクタイを外し、シャツの袖を肘までまくった嶺さんが、からかいまじりの表情で私を覗きこむ。

「これでも、少しは役に立つと思うが」

「でもお疲れでしょうから、ゆっくりしてほしいです」

「また君はひとりで気を回す。だがそれは、頼りにならないと突き放されることと変わらない」

「え……」

思いがけなく真剣な声をした嶺さんに、ぎこちなく作りかけた笑顔が固まる。

嶺さんはキッチンに入って手を洗うと、なに食わぬ様子で、リビングの入口で立ち尽くしていた私を呼んだ。

「なにを作るんだ？」

「あ……冬瓜《とうがん》のお味噌汁と茄子の煮浸しはできているので、あとは豚肉と野菜をピリ辛に炒めようかと」

私もキッチンに戻り、おずおずと嶺さんの隣に立つ。ほんとうは別のものを作るつもりだったけれど、男性はお肉をがっつり食べたいものだとも聞くし。

「うまそうだ」

嶺さんがお味噌汁の小鍋をのぞきこんで、目を強く輝かせる。嬉しいのに胸がわずかに痛んで、私は嶺さんから目を逸らした。

なるべく嶺さんの顔を見ないようにして、野菜を洗う。嶺さんは気にした様子もなくピーマンのわたを取ってくれた。

「これまでも自炊していたのか？」

「はい。中学のときから作っていましたから、ひとり分だけ用意するのも、食材のやりくりも得意ですよ」

母が亡くなってからは昴と予定が合うことも少なくて、夜はたいてい別々。ひとりきりの食事も慣れている……けど。

「パーティーが終われば、仕事も多少は落ち着く予定だ。もっと、こんなふうに知沙と過ごしたい」

耳に届く声が甘い。じわりと頬が熱くなった。

嶺さんと手分けして野菜を切る。キッチンが広いので、ふたり並んでも悠々とスペースを使えるのがいい。なにより、なんでもない作業なのに嶺さんと一緒だと思いのほか楽しかった。

あたためたフライパンから、にんにくと胡麻油の香ばしい匂いが立つ。先に火を通して取り出しておいた豚肉と豆板醤《とうばんじゃん》を絡めて炒めれば、主菜の出来あがり。

嶺さんが棚から出してくれた皿に盛りつけ、ご飯や副菜とともにダイニングテーブルに並べる。

「いただきます」

ふたりで手を合わせるのも、家の中だと新鮮だ。流れるような所作で料理を口に運ぶ嶺さんを、ちらちらとうかがう。

洒落た味付けもしていない家庭料理が嶺さんの舌に適うかどうか、毎回かすかに緊張するのは止められない。

「……うまいな。ほっとする」

「よかったです……」

胸を撫でおろしたら、幸せな気分がひたひたと満ちてきた。

おかわりまでしてくれて、清々しいほどの食べっぷりだ。目元も心なしか、綻んでいるように見える。

好きな人がいて、その人がなんでもない食事をともにしてくれる。目の前で美味しいと言ってくれる。

そんな幸せがあることを、もう長いあいだ忘れていた気がする。

つい見入っていると、先に食べ終えた嶺さんと目が合った。

「やっと俺を見たな。ここのところ、俺と目を合わせなかった」

「っ、そんなことは」

「ないか？　俺では頼りにならないのかと、自分が不甲斐《ふがい》なかった」

「……っ、違うんです。私が悪くて」

私は食欲のないままにお箸を置いた。

契約書の紛失も、その内容が伯父さんに漏れたことも、それをネタに強請られていることも。話せば、嶺さんはどんな顔をするのかな。

怖い。……すごく。

脅しに応じなければ嶺さんに迷惑がかかる。応じて大事な日をすっぽかせば、秘書としても妻としても嶺さんの信頼を失う。

どちらに転んでも、きっと嶺さんはもう二度とこうして私に無防備な笑顔を向けてくれなくなる。

だったら、まだ私が信頼を失うだけのほうがいい。伯父さんに会うくらい、嶺さんを傷つけることに比べたらなんでもない。

「その……創業記念パーティーのことで」

「不測の事態でも？」

「いえ。準備は滞りなく進んでいます。ただ……ごめんなさい。外せない用事ができてしまい、当日は嶺さんのご家族との顔合わせも含めて欠席……させてください」

声が細くなってしまう。私は唇を噛んだ。

「理由は？」

嶺さんはいたって普段どおりだった。穏やかで落ち着いた声。気分を悪くしたり、私を咎《とが》めたりする様子もない。きっとこの人は。

――私のすべてを受け止めてくれる人。

当たり障りなく、それでいて嶺さんが納得するような理由でごまかせばいい。たとえば昴が怪我をしたとでも言えばいい。そう思っていたのに……。

包みこむようなまなざしに誘われ、堰き止めていたはずのものはあっけなく零れ落ちてしまった。

「伯父さんに……呼び出されました。すみません、私の不注意で雇用契約書をなくしたばかりに……」

気がつけば、かかってきた電話の内容をすべて打ち明けていた。

声が揺れ、途切れ途切れになっても、嶺さんは私が話すあいだ静かに耳を傾けてくれていた。

「なるほど、それで君は俺のために羽澄さんと会おうとしたのか。わかった、こうなった責任は俺にもある。その日は俺が彼に会おう」

「ダメです！　嶺さんにとって大事な日じゃないですか！　私のせいでそんなの……やめてください！」

「知沙、君が俺のためを思ってくれたのは嬉しい。だが、それよりも俺は話してもらえて安心した。なぜかわかるか？　君のためにできることがあるとわかったからだ。俺にとってはそれがなにより重要なんだ」

「でも」

「それに、これは夫婦の問題だろ？　心配しなくていい、考えもある。俺に、君を守らせてくれ」

視界がにじんでいく。

こんなにも安心できる場所があるなんて、知らなかった。

長いあいだ家族を支える側だったから、誰かが私の心に大丈夫だよ、力を抜いていいよと言ってくれる未来なんて想像したこともなかった。

涙の膜を張った視界の向こうで、嶺さんが苦笑する。テーブルを回ってくると、私の頭をそっと引き寄せた。

嶺さんの胸に頭を預けると、穏やかな心音が聞こえてきた。ここでなら、私はどこよりも安らいでいられる。

まだなにも解決していないし、嶺さんにどんな考えがあるかもわからない。

でも、嶺さんがいてくれたら、きっと……大丈夫。

そうこうしているうちに、あっというまに創業記念パーティー当日がきた。

今日は、一般社員は休日だ。広報や総務の一部、また企画部と招待予定のお客様をアテンドする営業、それから役員だけが出社している。私たち秘書ももちろん出勤。

朝の経営企画室のミーティングでも、パーティーの進行表を元に最終打ち合わせが行われた。

お客様の到着予定時間とアテンドの際の注意事項、会長や前社長を含めた役員挨拶の段取り、初代腕時計の復刻モデルである新作発表とショーでの動き方、お帰りの際に配る記念品の確認まで。

「先にお伝えしたとおり、社長挨拶は後半でお願いします。社長の到着時間ですが――」

嶺さんは夫婦の問題だと言ってくれたけれど、やっぱりこれは私の落ち度が原因だ。それでも、嶺さんは私のために伯父さんと会ってくれる。

だったら私は秘書として、嶺さんが伯父さんとの用事のあとスムーズにパーティーへ出席できるように手はずをととのえておかないと。そう思って、すでに社長の予定を見越した調整をお願いしていた。

無事に打ち合わせを終えて、私はミーティングルームから社長室に戻ろうとした。だけどそのとき「知沙ちゃん！」と笠原さんに呼び止められた。

「今、少しだけいい？」

「え？　でもこれから社長の車を手配するところで……」

言いかけた私は、笠原さんの思いつめた様子に気付いて押し黙った。

今日はお互いにいつもよりドレッシーなスーツを着ているのに、笠原さんからは普段ほどの華が感じられない。どうしたのかな。

「……これ」

差し出されたのは、見覚えのある桜色の万年筆だった。

「見つけてくださったんですか？　ありがとうございます！　これ、どこにありましたか？」

受け取って笑みを広げる。よかった、見つかったとほっとしていると、笠原さんが返事の代わりに静かな声で言った。

「話があるの。知沙ちゃんに謝らなければいけないことがあって」

私は首をかしげながらも、笠原さんに連れられて役員専用の応接室に足を踏み入れた。

人目を避けたいから、と笠原さんは手にしたタブレットを操作して応接室を使用中にする。所在なく立ち尽くしていると、笠原さんに応接セットへうながされた。

向かいに座った笠原さんはしばらく逡巡した様子だった。けれど、やがて常に持ち歩いているファイルから封筒を取り出し、私の目の前に置く。

見覚えのある封筒に血の気が引く。私は引ったくるように取りあげると、中を確認した。

「どうしてこれを……!?」

紛失したはずの雇用契約書だった。

「機密文書をお客様に発送しかけた日のこと、覚えてる？　あの書類を発送物に紛れこませたのは私。……知沙ちゃんのミスじゃなかった」

「嘘……」

二の句が継げない。というか、唐突な話に頭がついていかない。

「事実よ。最初は、あの書類を知沙ちゃんの机の引き出しに入れるつもりだった。そうしておいて、書類の紛失が騒ぎになったころに知沙ちゃんの机から出てくるように仕向けようとしてた。それで社長室が空になる隙を狙って、あの引き出しを開けた」

「どうして……？　それに鍵、は」

あまりに信じられない話で、尋ねる声がかすれる。

だけど契約書を仕舞っていた引き出しには鍵をかけていたはず。

笠原さんが目を伏せる。ヘアピンで開けたという答えが返ってきて、私は愕然とした。

「中から雇用契約書なんてものが出てきたんだもの。驚いたわ、ううん、驚いたなんてものじゃない。ショックだった。社長の妻が、知沙ちゃんだなんて……私が選ばれないなんて、こんなことってある？」

結婚を隠していたことについては、申し訳ないと思うけれど……。

身分不相応な結婚だと最初は思っていた。離婚するほうが嶺さんのためだと、疑わなかった。でも、嶺さんは私に、私は私らしくしていればいいのだと教えてくれた。居場所をくれた。

だから……私が相手でごめんなさいなんて、間違っても言いたくない。そんなのは嶺さんに失礼だ。

私が毅然としていたからか、笠原さんの声も上ずったものから元に戻る。

「雇用契約書を持ち出すことにためらいはなかったわ。でも機密文書をこの引き出しに入れたら、雇用契約書の紛失に気付かれる、って妙に冷静に考えもして。だから機密文書のほうは、知沙ちゃんが発送準備をしてた封筒に入れた。でも……」

誰かに見つかる前にと社長室から逃げ戻ったあとで、笠原さんは私の万年筆まで引っ掴んでいたことに気付いた。

しかし、社長室に戻るのはリスクが大きい。ほとぼりが冷めたころに、拾ったとでも言って返すしかない。

そう思いながらも返せないまま、日が過ぎ――。

「そんなとき、知沙ちゃんの家族だという人からの電話を受けたわ。その人は知沙ちゃんの保護者だと名乗って、知沙ちゃんが最近人が変わったようで心配だ――そう言ったわ。それでつい……雇用契約のことを話したの」

電話の主は伯父さんだった。

笠原さんは、こんな結婚は世間が認めないと訴え、求められるがまま契約書の写真を伯父さんに送ったのだという。

「だけど、この万年筆のせいですべて台無し。社長に気付かれて、すべて白状させられたわ」

しかしそのときは契約書の原本が手元にあるのを言いそびれ、こうして私のところに来たということだった。

笠原さんはかすかに肩を震わせると、膝の上で手を揃えて頭を下げた。

「悪かったと思ってるわ。……ごめんなさい」

「笠原さん、どうして？　笠原さんは美人で社交性も高くて、私にとっては頼れる先輩であり姉のような人でした。なのにどうしてそんなこと」

わからない。笠原さんは人を惹きつける華がある。物言いもハキハキしていて仕事だってできる。私の憧れだった。

私は笠原さんの、丁寧にセットされた長い髪や彫りの深い顔立ちを見やる。

笠原さんが乾いた笑いを零した。

「だからよ。私が社長秘書になるものと疑いもしてなかった。それを、これまで役員付の業務をしたこともない後輩に取られたんだもの。……悔しかった。私のほうが経験も能力もあるのに。許せなかった。……だから嘘もたくさんついたわ」

私には社長秘書は務まらないと周囲で噂されていたことも、笠原さんが嶺さんのサポート業務をしていることも。笠原さんのついた嘘だった。

自嘲めいた小さな笑みを浮かべて、笠原さんが顔を上げる。

「なぜ私じゃないのか社長に訴えたのよ、私。でもね……言われたわ。『君と知沙を比べたことはない。ただ私には知沙が必要だった、それだけだ』って。それを聞いたときになんだかもう、気が抜けて。……ほんとうに、あんなことするべきじゃなかった」

笠原さんが膝の上で指先を揃える。いつかは荒れていた手先は、今日は上品な色で美しく飾られていた。

笠原さんは自分に自信があったからこそ、追いつめられたのかもしれない。そう思うとやりきれなくなる。

けれど笠原さんがしたことは、紛れもなく嶺さんを窮地に追いこむ行為だ。

「すみません、笠原さん。私……今はまだ、笠原さんを許すことはできません」

自分で自分が嫌になる。

経営企画室に配属された当初から指導してもらったのに、たったひと言「もういいです」と答えられないなんて。

契約書も無事に返ってきたのだから、笑って許せばいいだけなのに。

でも私はどうしても、笠原さんに笑顔を返すことができなかった。

「……そうよね。私でもそうするわ」

笠原さんが形のよい眉をきゅっと申し訳なさそうに寄せる。私は笠原さんが出ていったあとも、しばらくなにもできなかった。

「あ、でも……」

ふと気付いて私はテーブル上に置かれた契約書を手にとった。間違いなく私が署名した原本だ。

これがここにあるということは……。

私は弾かれたように立ちあがった。

行かなきゃ。今すぐ。

＊

以前、知沙と部屋を利用したホテルのラウンジは、平日の昼間だというのに喧噪《けんそう》に包まれていた。

大半が観光客のようだったが、なかでも年若い客が目立つ。少し考え、世間では夏休み期間かと思い当たった。

この様子なら、多少荒っぽい会話になったとしても周囲に聞かれる恐れはなさそうだ。俺は入ってすぐ、視線をめぐらせる。

一度会っただけだが、その不快な顔は遠目にもはっきりと認識できた。

席に案内しようと迎え出たラウンジのスタッフを視線で制止して、俺は窓際の奥まったソファ席に近づく。

羽澄は入口を見渡せる側に座っていた。よれたTシャツに履き古したチノパンという格好が、肉の薄い体格のせいもあって貧相に見える。

羽澄は俺が前に立つと、片眉を吊りあげた。

「君を呼んだ覚えはないが。知沙はどうした？」

羽澄の物言いは良識のある範囲のもので、一見しただけではすぐに激昂《げっこう》するタイプには見えない。おそらく、知沙以外の人間の前では良くも悪くもふつうの……いい人なのだろう。

ただ、俺を前にした態度からは、自分が優位に立とうとする虚勢がうかがえた。

「妻はここには来ませんし、来させません」

窓際のソファ席に腰を落ち着け、コーヒーを注文する。羽澄はソファに深く沈むと足を組んだ。開き直ったのだろう。

「妻からすべて聞きました。次からは私が必ず同席すると申しあげたはずが、ご理解いただけなかったようですね」

俺は運ばれてきたコーヒーに口をつけて続ける。

「援助したはずの金を回収するためだという理由にも驚きを禁じ得ませんが、なにはともあれ、二度と妻を呼び出さないでいただきたい」

「君こそなにを勘違いしているか知らんが、俺のほうがあの子との付き合いは長い。あれのことはよく知っている。俺が折に触れて諭してやらんと、ひとりではなにもできん子だ」

感情が外に出ることは少ないほうだが、嫌悪で眉間に皺が寄るのを止められなかった。羽澄の目に浮かぶのは、知沙を恐怖で支配することで自尊心を満たしてきた、歪んだ自己愛だけだ。

「彼女はあなたが思うより、よほど自立した女性ですよ。私のほうが支えられているくらいですから。そして知沙は、あなたの手を必要としていない。ここに彼女の姿がない事実が、その証拠です」

「金で知沙を買ったくせに、よく言う。さっさと言えばどうなんだ？　ほんとうは、契約書の件を俺に黙っていてほしくて来たんだろ」

いよいよ粗暴な口調で、羽澄はふんと鼻を鳴らした。

「あれが外部に出ると、あんたは大幅なイメージダウンを免れない。社員に背を向けられるどころか、下手すれば企業イメージにもマイナスだ。焦るよな。……まあいい、お金を出すのがあんたでも俺は別にかまわないんだ。月百万、それで手を打ってやる。買った妻に特別手当を毎月払うくらいだから、あんたにとっちゃ端金だろ」

ようは、雇用契約書の存在を黙る代わりに金を出せという脅しだ。

それが脅しにすらなっていないのだと、羽澄は気付いていないらしい。

「……そうですか。あなたがおとなしく引き下がるのであれば、知沙や昴君の唯一の血を分けた身内でもありますし、今後一切、知沙への接触を断つことを条件に見逃すつもりでいたのですが」

俺は羽澄と向かい合ったソファ席から入口のほうをふり向き、スマホをワンコールさせる。離れた席に座っていたスーツの男が顔を上げた。

男は俺たちの席までやってくる。羽澄に会釈して名刺を出した。

「初めまして、東堂時計の顧問弁護士をしております不破と申します」

「……っ」

「本来ならば最初からご挨拶すべきところでしたが、社長が相手は奥様のお身内だからとおっしゃいましたので失礼しておりました。ここからは僕も同席いたします」

不破が俺に物言いたげな顔をしてから隣に腰を下ろす。

自分があとを引き取るという意味だと察したが、俺はあえて不破を制止して口を開いた。

「さて、羽澄さん。あなたにひとつ言っておきたいことがあります。あなたとの交渉が決裂した際に備え、先ほどの会話は録音しています。あなたは私を脅したのではなく、会社を脅した。……その上で言いましょう。あなたの脅しは私には効きません。バラしたければ、バラせばいい」

「な……っ」

羽澄が絶句する。それまで優位にいた余裕の浮かんだ顔から、血の気が引いていく。

「私のイメージ？　そんなものは、妻の身に比べたら毛ほどの価値もないんですよ」

不破に目配せすると、彼は足元の黒い鞄から封書を取り出す。受け取って中身を出した。

羽澄の目が驚きを貼りつけたまま、書類に吸い寄せられる。

「あなたもご存じのようですが、知沙と交わした雇用契約書です」

それは、知沙をまだほとんど知らなかったころに交わした契約。

だが帰国して三年ぶりに再会してから、知沙は誰よりも近くで俺を気にかけ誰も気付かない変化に気付いてくれた。

だから、彼女の前では気を抜いていられた。

好きにならないはずがなかった。

離婚を切り出され、回避しようと柄にもなく焦って外堀を埋め、一緒に生活して……。

やっとのことで手に入れたのだ。

この男が原本を入手していようが、それを社内外にばらまこうが、関係ない。

「私は」と切り出しかけて言い直す。

対外的に宣言するためではなく、まして羽澄を牽制するためでもなく、ただ心からの気持ちを言葉に乗せた。

「俺は、知沙を愛している」

俺は羽澄の目の前で、契約書を破った。

＊

――愛している、の短くもたしかな響きに、駆けつけたばかりの頭がじんと痺れた。

胸のいちばんやわらかな、誰にも明け渡したことのなかった場所に、嶺さんの言葉がゆっくりと染みこんでいく。

揺らぎのないそれが、私の細胞の一つひとつにぬくもりをくれる。

体じゅうが多幸感に包まれて、うなじの毛がそわつく。

一拍置いてわれに返ると、とたんにどっと心臓から血が全身に送りこまれた。

タクシーを降りて走り通しだったから、膝もがくがくと震えたまま。

はあっ、はあっ、と肩で大きく息をすると、気配に気付いたらしい嶺さんがソファ席からふり返った。

「知沙……」

「嶺さ、わた、私……」

目を見開く嶺さんを前に、言葉がもつれて出てこない。

隣に座っていた不破さんが席を譲ろうとしてか腰を上げるのを、私は手振りで遮った。

「なぜここに？　パーティー会場に先に入っているように指示したはずだが」

叱責ではなくて純粋な疑問だと口調でわかる。笑みが零れた。

私が視線を嶺さんからテーブル上の契約書に移すと、嶺さんが珍しくばつが悪そうにした。

「君の合意を得るのが先だとは思ったが、勝手なことをしてすまない。だが、俺はずっとこうしたかった」

「嶺さん、待って」

私はいつものごとく大量の物を詰めこんだ仕事用のショルダーバッグから、クリアファイルに入った書類を取り出す。

バッグを足元に置くと、意を決して伯父さんに近づいた。

「笠原さんが今朝、返してくれました。伯父さんは原本も手に入れようとなさっていたようですが、渡すのは思い留まったと打ち明けられました。……この契約書は二部ですよね？　不破さん」

「ええ、社長と奥様でそれぞれ一部作成しております。ほかにはございません」

不破さんのほうをふり向いて尋ねると、穏やかな口調で肯定された。私はほっとしつつ伯父さんに向き直る。

「伯父さん、もう私とは……関わらないでください。私は、嶺さんの……東堂嶺の妻です。伯父さんが嶺さんや東堂に害を及ぼすなら、私は黙っていません」

「知沙、お前はこの男に利用されているだけだ。俺に相談もせず、勝手なことをするからこんなことになる。今からでも遅くない、お前はひとりではなにもできない子なのだから、俺の言うことを聞いていろ。それがお前のためだ」

「伯父さん、私は伯父さんのお人形ではありません……！」

これまでの私なら、きっと言えなかった。

伯父さんに反発すればあとでどんな報復があるか、昴にまで迷惑がかかるのではないか。そう思うと、恐怖で身がすくんで強く出られなかった。

だけど嶺さんがいれば、怖くない。

この人となら、なにが起きても大丈夫。そう思えるから。

「私も、嶺さんを愛しています」

言うと同時に、私も契約書を思いきり破いた。

紙の裂ける音がやけに大きく響く。私の心臓も、負けないくらい激しく脈打っているけれど。

いつのまにか席を立っていた不破さんが破れた契約書を受け取り、私の肩を押して嶺さんの隣に座らせた。

嶺さんが、私を包むような優しい目で見つめる。さっきまでの緊張が一気に解けて、胸がきゅうっとなった。

「さて、ここからは昔の話をしましょう」

嶺さんが伯父さんに向き直ると、膝の上で手を握り合わせる。一転して冷然とした表情に、私に向けられたものでもないのに肩が縮こまった。

「羽澄さんは、弟さん——羽澄尚史《なおふみ》さん死亡の際、遺産相続の権利がご自身にないにもかかわらず、尚史さんの妻である有沙《ありさ》さんを騙し、遺産を取りあげた。そしてその金の存在を、正当な相続人である知沙と昴君には黙っていた」

「えっ……？」

唐突に始まった話に息をのむ。伯父さんもまた、驚きを隠せないふうだ。だけどその目には、狼狽《ろうばい》も浮かんでいた。

「羽澄さんは知沙の進学費用を援助したそうですが、それはせしめた遺産の額からいえば大した額ではないでしょう。知沙と昴君には、じゅうぶんな遺産が残されていた」

ひゅうっと、妙に乾いた音が喉から漏れた。

「そ、んな……じゃあ伯父さんは、お父さんのお金を騙し取っておいて、私に短大の金を出してやったと……出してやったから呼び出しには応じるようにと言ったの……？　私たちが……お母さんがどれだけ苦労してるか、知っていたのに⁉」

「金があったとしてお前になにができる？　進学費用を出してやったのを感謝してほしいくらいだ」

「ひどい‼——」

たまらず声を荒げた私の肩を、嶺さんが抱き寄せる。

「知沙、ひとまず落ち着くんだ。これで話を終わりにする気はない。……羽澄さん、知沙たち姉弟には相続を回復する権利があります。あなたが使いこんだ額は知らないが、姉弟が受け取るはずだった遺産は返してもらいますからそのつもりで」

脇に控えていた不破さんも、さっそくその手続きを進めると請け負ってくれる。

私は嶺さんの胸に顔をすり寄せる。規則正しい心音に、乱れ騒いでいた私の鼓動も徐々に落ち着きを取り戻した。

嶺さんはさらに畳みかけた。

「また、あなたが妻を脅して金銭の受け渡しを強要したことは立派な犯罪です。私を脅したのも同様です。こちらについても、あなたを訴える用意があります」

「ま……待ってくれ、なにを勘違いしているんだ？　俺はただ姪と会いたかっただけで……」

嶺さんに続いて不破さんが罪状を告げると、伯父さんは顔を引きつらせた。

表情からは余裕が剥がれ落ちて、とたんにおどおどした卑屈な笑みだけが残る。

だけど嶺さんは、最後まで断罪の手をゆるめなかった。

「あなたは知沙を傷つけた。それがすべてです。相応の罪は償っていただく」

伯父さんの顔から表情がごっそりと抜け落ちる。それが、決着の証だった。


駐車場に待たせていた車を玄関前のロータリーに回し、二階のラウンジをあとにする。不破さんのうしろを嶺さんと並んで歩いていると、嶺さんが感心したふうに私を覗きこんだ。

「まさか、君が来るとは思わなかった。あの男と正面から対峙するのは負担だっただろう。よく耐えたな」

「原本が戻ってきたのを早く伝えなきゃと思ったんです。ひょっとしたら、伯父さんが手元にない事実を隠したまま嶺さんを脅すかもしれないって、夢中でタクシーに飛び乗って……それに、嶺さんにすべて任せてしまうのは違う気がして」

「夫婦の問題だと言ったはずなんだがな」

嶺さんが優しく苦笑すると、先に下りエスカレーターに乗った不破さんに続いた。

私もすぐうしろに続く。

「だからです。夫婦の問題だから、私も来たんです」

「知沙……」

一段下から、嶺さんが私をふり返る。

私より頭ひとつ分は目線の高い嶺さんだけど、今はおなじ高さ。なんだか新鮮で、鼓動が走り始める。

これまでは伯父さんに立ち向かうなんて、とてもできなかった。そのくせ逃げることもできずに、ただ身をすくめて伯父さんとの時間をやり過ごすだけだった。

そんな私に嶺さんが自分を呼べと言ってくれて、初めて怖いと打ち明けることができた。

でもただ助けを求めるだけじゃなくて、私も嶺さんのそばで乗り越えたい——そう思えたのは、嶺さんの隣でなら私は私になれると知ったから。

——嶺さんが、私に欠けていたものをくれた。

間近で見ても、嶺さんの顔立ちは端整だ。なにより、涼やかな目がいつになく熱っぽい。

嶺さんが求めているのは私だと、否定のしようもなく伝わってくる。

胸が甘やかに鳴って、愛おしさがあふれそう。

いつもは首を傾けて顔を寄せる嶺さんが、今日はまっすぐ私に近づいてくる。

不破さんがふり返ったらどうしよう、なんて思うまもなかった。

「これでやっと、本物の夫婦だ」

唇の表面を軽く食むような、ぬくもりを移すだけのキス。

嶺さんの唇はすぐに離れていったけれど、私の唇はいつまでも甘い熱を残したままだった。


パーティーにも、なんとか間に合った。

不破さんを含め、三人で会場である宴会場に入る。シャンデリアがきらめく会場の前方では、ちょうど新作発表が行われているところだった。

「――東堂時計が、最初に世に送り出したモデルの復刻版です。世界同時発売、限定七十本のみの販売です」

アナウンスとともに、華やかな黒のドレスに身を包んだモデルたちが新作ウォッチを着けて姿を現した。大量のフラッシュが焚《た》かれる。

招待客の注目が会場に集まる隙に、嶺さんは企画室長から簡単な報告を受ける。

一方、私は壁際で控えていた通永さんに目配せされ、彼女の隣に並んだ。笠原さんの姿は見当たらない。

けれど通永さんはそれについてはなにも言わず、私の手首を見て耳打ちする。

「それ、うちが昔販売していた完全受注生産のモデルよね？　期間限定の特別な時計だったかしら。……おめでとう、やっと公にできるわね」

たじろいだ私に、通永さんが「ほら」とショーが終わって壇上に上がる嶺さんを見やった。

嶺さんの左手首にも、私の時計と揃いのデザインのメンズウォッチが宝石のような輝きを放っている。

「お揃いでオーダー品って……そういうことなんでしょう？」

「……そ、そういうことです……」

またたくまに顔を熱くした私に、通永さんは秘密にしていたのを怒ることもなく微笑んでくれた。よかった、と胸を撫でおろしながら私は会場を見渡す。

壇上では、まさに社長挨拶が始まろうとしていた。

朗々《ろうろう》とした声で、嶺さんが創業七十周年を無事に迎えた感謝と今後の展望を語る。

会場に盛大な拍手が沸いた。

嶺さんはそれにも感謝を述べたのち、壇上で咳払いをした。

「この場を借りて、私の妻を紹介させてください。今日の東堂時計を、そして私を公私ともに支えてくれている素晴らしい女性です。羽澄……いえ、東堂知沙さん」

え?

スポットライトを向けられ、私は驚きのあまり固まった。え、え? えっ……!?

「私が不甲斐ないばかりに、彼女にはこれまで色々と我慢を強いてしまいました。私のいないところで、ひとりで傷ついていたこともあったでしょう。後悔しても過去には戻れませんが……せめて、これからは私が全身全霊で守っていく所存です。どうぞ皆様には、私たち夫婦ともども、これからも東堂時計をよろしくお願いいたします」

嶺さんが壇上から私を熱く見つめる。

こんなに注目を浴びるなんて、心臓が縮みそう。社員だけじゃない、お客様にまで見られている。恥ずかしい……!

でもそれらはすべて、あたたかなまなざしだったから。

私は嶺さんともう一度見つめ合って……顔を綻ばせた。

創業記念パーティーは大成功のうちに終了した。

その後、ホテルの最上階のレストランに場所を移しての顔合わせでも、私は東堂家の皆さんにあたたかく迎え入れられた。

「嶺が長いあいだ無作法をしてごめんなさい。こちらから挨拶したいと嶺には言ったのだけど……香港から戻ってきてようやく挨拶できると思ったら、当の本人からは時機が来るまではと、きつく止められてしまって。主人も東堂のトップは嶺なのだから嶺に従うように、なんて言うものだから、困ったものだったのよ」

きらびやかな夜景が窓一面に広がるレストランの個室で、お義母さんは雅なお着物の膝に手をつき、頭を下げた。

籍を入れながら嶺さんが嫁を紹介しなかったことに、お義母さんは立腹されていた。だけど、嶺さんはそのころ海外で大変な目に合っていたのだ。形だけの妻に割く時間はなかったと思う。

それに私もあのころは、嶺さんをこんなにも好きになるなんて思いもしなかったのだから。

だけど、気にしないでくださいと笑う私と反対に、お義姉さんたちもおかんむりだったのがおかしかった。

といっても長女の瑛子《えいこ》さんを筆頭に、双子の亜子《あこ》さんと莉子《りこ》さんもさっぱりとした物言いで、顔合わせは終始和やかであたたかい雰囲気だったけれど。

「知沙さん、今後また嶺がバカなことをしたら、あたしたちに言いなさい。嶺の弱みならいくらでも握ってるからね」

別れ際に私の耳元で亜子さんが言うと、嶺さんが途方にくれた顔でやめてくれとつぶやいていた。普段は見られない弟の顔をした嶺さんが新鮮で、くすぐったかった。

最後に、前社長であるお義父さんは自分付きの秘書だった笠原さんの件を口にされた。

「嶺から聞きました。笠原君が、ふたりに迷惑をかけたね。僕からもお詫びするよ」

「東堂社……お義父さん、頭を下げないでください。嶺さんが守ってくださいましたから。それより……結婚に同意してくださってありがとうございました」

不破さんや総務部長、それから嶺さんのご家族。皆さんのおかげで、私はたったひとりの弟の夢を応援することができた。

大切で愛しい人ができた。

そして……こんなにもあたたかな家族が、できた。

ふいに胸がつまる。お義父さんたちの前だというのに泣いてしまうと、嶺さんが優しく抱きしめてくれた。


お盆休みには東堂家にもお邪魔したり、結婚式の準備を始めたりした。

嶺さんは豪華な披露宴を想定していたみたいだけど、私がお願いして両家の親戚だけの内々の集まりにしてもらうことになった。

私たち姉弟の相続を回復するための訴訟《そしょう》手続きは、粛々《しゅくしゅく》と進行中だ。

訴訟と聞いて私は怯んだけれど、嶺さんと不破さんが全面的に協力してくれている。

父の遺産が私たちの手元に戻る日は、遠くないと思う。

ふたりは、伯父さんが二度と私に接触しないよう、誓約書も書かせたらしい。伯父さんは近々、県外へ引っ越すそうだ。

諸準備の合間をぬって、嶺さんと昴と三人で食事をした。

昴に伯父さんの件を話すかどうか、最初は嶺さんと意見が分かれた。

だけど最終的には今後のことも考え、姉弟で認識を共有しておいたほうがいいという嶺さんの意見に従った。

昴は驚くかと思ったけれど、意外と腑に落ちた様子だった。

今から思えば、昴とのあいだで伯父さんの話題が出るたびに微妙な態度を取っていた私を、昴が妙に感じてもふしぎではなかったかもしれない。

昴は下宿しているシェアハウスを早々に出るとも言った。それでももし伯父さんが自分を通じて私に接触しそうなときには、自分も盾になるからとも。新しくした電話番号も、伯父さんには教えないと請け合ってくれた。

ホテルで話したときの様子だと、伯父さんにはもうなにかする気力は残っていないと思う。けれど、ずっと守るべき存在だった昴の逞しい成長には、思わず目をみはってしまった。

「姉ちゃんがよく笑うようになってくれてよかった。ずっと苦労をかけていたから、気になってたんだ」

昴が晴れやかな顔をしてくれたのが、なにより嬉しかった。

——そして、九月の中旬。

有休を取って嶺さんの車で向かった場所は、都会の喧噪から遠く離れた、豊かな緑に囲まれた場所だ。

車を降りると、都心とは違うひんやりとした空気が頬を撫でる。自然豊かな山の麓《ふもと》だからなのか、ゆったりとした時間の流れが心地いい。

ノースリーブの白いコットンワンピースの裾が、風にふんわりと膨らむ。

大きく息を吸いこむと、隣に立った嶺さんにするりと指を絡められた。私の左手の腕時計が、嶺さんの右腕に触れる。

それだけで胸がきゅっとなる。

「気持ちがよくて、非日常感のある場所ですね」

「だろう。自然に囲まれながらも軽井沢《かるいざわ》と同様に都内からのアクセスがよく、ここ最近、注目されている場所だそうだ。若いクリエイターも多く移住して工房を構えていると聞く。気になるなら、街を散策してもいい」

「見てみたいです！」

指がさらに深く絡められ、ぶわ、と頬に熱が集まる。そわそわする私と反対に、嶺さんは余裕のある笑みだ。

「わかった、だがまずはこっちだな」

嶺さんの言葉で見あげるのは、大自然に溶けこむような洗練された雰囲気が素晴らしいホテルだ。

お付き合いどころかろくに話す機会さえ作らずに結婚したから、と嶺さんが提案してくれた。羽を伸ばそうという意味らしい。といっても社長業もあるので、二泊三日のプチトリップ。

館内は天井が高く開放的で、自然光がやわらかく差しこむ大きな窓からは、雄大な自然を間近に見ることができる。家で育てる小さなグリーンに日々和んでいる私としては、どっぷりと自然に浸れるというだけでも至福の気分。

広々としたラウンジには、和の美意識を取り入れたモダンでセンスのよいソファがしつらえられていて、ゆったりとくつろげる。

ホテルはすべて独立したヴィラとなっているらしい。私たちは、ラウンジでおもてなしのお茶とお茶菓子をいただきながらチェックインをすませると、さっそくヴィラに案内された。

ヴィラもまた広かった。

リビングルームのほかに、メインベッドルームが二部屋、窓を開け放つと半露天風呂になるという温泉風呂。食事は和の素材を生かした季節のものを中心にした懐石料理を、部屋でいただくことができる。

時間はゆったり流れて、この部屋でゆっくりと体を伸ばすだけで、溜まっていた澱《おり》がすべて消えていきそう。

　ミニキッチンを備えたリビングの窓を開け放ち、ウッドデッキのテラスに下りると、その先はさらにプライベートガーデンに続く。

なんて贅沢な風景。これらをすべて嶺さんとふたり占めできるのかと思うと、ドキドキしてくる。

　スタッフの女性が、リビングのテーブルにお茶の用意をして下がった。

　森の香りに、豆から挽いてくれたコーヒーの香りが立ち上って、細胞の隅々まで喜んでいる気がする。

　私はテラスからの眺望に大きく伸びをした。

「外でご飯をいただいたら、気持ちよさそう……！　ね、嶺さん、嶺……」

　嶺さんが顔を屈めてくる。ちゅ、とかすかな音の余韻とともに、唇が離れていく。

　遅れて、心臓がドッと騒ぎだした。腰は、抱えられたまま。

「不意打ちは、困ります……」

「俺から見れば、そうやってかわいくはしゃがれるほうが困る」

「かわっ……そうなんですか？」

「ああ。景色そっちのけで、知沙を見ていたくなる」

「……っ、そ、そういえば笠原さん、退職されるんですね」

蕩けそうなまなざしの威力に耐えきれず、逃げるようにして話題を逸らす。嶺さんが、表情を真剣なものにあらためた。

「聞いたのか。本人とも合意して、今月いっぱいにした」

「もしかして、私が許せないって言ったから……？」

契約書を返されたときの、どうにもすっぽりと受け入れられない気分がぶり返す。

無意識に眉が下がった。

あの感情を私が押し殺していれば、笠原さんは辞めずにすんだ？

「個人の感情は関係ない。彼女は窃盗犯だ。社会人として、役員秘書としてあるまじき行為だ。信頼関係が失われた以上、雇い続けることはできない。父……前社長も同意見だ」

経営者としての判断であれば、私が気を揉んでもしかたがない。でも複雑な内心に気付かれたようで、嶺さんが私の腰を抱く腕に力をこめた。

「だが本人も反省していることを踏まえ、懲戒免職《ちょうかいめんしょく》ではなく本人の自己都合による退職という形にした」

それなら、再就職も難しくないはず。笠原さんが新しい場所で、生き生きと働いてくれることを願う。今はまだ、もやもやした気持ちがすべて消えたわけじゃないけれど。

「時間が経ったら、きっと笠原さんともまた前みたいに話せますよね」

「ああ。……知沙は優しいな」

「そんなこと。私は、謝罪すら受け止められなくて」

「自分を押し殺して、物わかりのよいふりをされるよりよほどいい。それに君は、俺のために怒ってくれたんだろ？　君の心が俺に向いていると思えて、嬉しかった。……ああそうだ、渡すものがあったんだ」

腰に回されていた手が離れ、テラスのソファを勧められる。

おとなしく座ると、嶺さんが手荷物から白いリボンをかけた赤い小箱を取って戻ってきた。

「開けてみて」

受け取った箱を前に、心臓が跳ねる。かと思うと一気に鼓動が高鳴りだした。

「これ……！」

「俺が開けるか？」

隣に腰掛けた嶺さんに、こくこくとうなずく。嶺さんが苦笑してリボンを外した。

そっと蓋《ふた》を開ける。

プラチナとゴールドが流線型に絡み合うようなデザインの指輪がふたつ、まばゆいばかりに並んでいた。

「嶺さん……っ」

「これを本物の夫婦の証に。受け取ってくれ」

誰にも見せない、はちみつのように蕩けた目で嶺さんが私を見おろす。

気付かないうちにぽろりとあふれた涙が、頬を転がり落ちた。

「君は最近、泣いてばかりいる」

「だって、嬉しくて……時計もいただいたのに……」

目尻に嶺さんの唇が触れて、離れていく。涙を拭われたのだと気付いたときには、左手を取られていた。

息をつめて見守る。

嶺さんのすらりとした指が、私の薬指にゆっくりと指輪を通す。とくん。とくん。鼓動が切なくも甘い音を奏で始める。

「ふしぎだな。書類上ではとうに夫婦だが、あらためて君が俺のものになったと思える」

「…………っ」

感極まってしまって、言葉が出なくて。

ぴたりと嵌った結婚指輪を見たら、また涙があふれてくる。

嶺さんとの出会いが、すべてを変えてくれた。

こんなに毎日が鮮やかに見えるなんて、契約書にサインしたあのときは、想像もできなかった。

「俺にも嵌めてくれ」

「はい」

小箱から指輪を取りあげ、嶺さんの節ばった手を取る。ゆっくり薬指に通すと、嶺さんが心なしか気恥ずかしそうにした。

「嶺さんも、私のものになりました」

言ってから照れくさくなって目を伏せると、こめかみにキスが降ってきた。

顔を上げれば、目尻に。頬に。

唇に。

嶺さんが私を抱き寄せる。私も嶺さんの首に腕を回す。

キスに乗せて、嶺さんが私の肌に愛しているという気持ちをいくつも残していく。

いくつも。
いくつも。
これからも変わらない思いを、刻みつけるように。

エピローグ

紅葉が視界を赤く染めそうな、十一月の終わり。

空は雲ひとつなくすっきりと晴れて、拝殿前の白砂が目に眩しい。乾いた風が参道を吹き抜けるたび、木々の枝葉が密やかな音を奏でる。

石畳もつやつやと光り、まさに夫婦を寿いでいるかのようだ。

たくさんの人々が、興味津々で私たちを見やりながら神社に参拝する。

そんな中、私は緊張と期待で胸を高鳴らせながら、隣に立つ紋付き羽織袴《はかま》姿の嶺さんを見あげる。

神社の厳かな雰囲気を背景にして立つ彼の凜々《りり》しさには、声を失ってしまう。

しばらくうっとりしていると、嶺さんもまた心ここにあらずといった様子で白無垢を着た私を見ていた。

「……嶺さん？」

「悪い、君があまりに綺麗で……少し、酔った」

涼しげな目が気まずそうにまたたいてから、私を映してやわらかく溶ける。なんてことを言うの。

気恥ずかしさで身じろぐと、衣擦れの音がしゃら、と耳を打った。

「頬が熱くなりました」

「紅葉のようにか」

「そうです。嶺さんのせいです」

「できるなら、俺以外には見せないでくれ」

「……そう、言われましても」

口ごもってしまう。見せないなんて、難題だ。なにしろ今日はこれから挙式なのだ。親族だけで執《と》り行うとはいえ、見られるに決まっている。

拝殿に向かう花嫁行列の後方には、すでに嶺さんのご親戚や昴も並んでいる。昴は両親の遺影を胸に抱えての参加だ。

私たちの上には、魔を払うといわれる朱色の番傘が差しかけられている。

「こうやって、ひとつずつ目に見える形にしていくと……夫婦になるんだと実感します」

「夫婦は、いいものだな」

嶺さんが左手の指輪を確認して、また私のほうを見る。

「知沙とだから、いいものだと思える。……ダメだな、キスしたくなってきた」

「ダメですよ。紅が落ちてしまいます。これからなんですから」

花嫁行列の前方で、これから参進の儀を始めるという案内が聞こえる。だけど私も嶺さんも、まだお互いから目を離せなかった。

「それならこうしよう」

手の甲に、嶺さんの手の甲がとんと軽く当たった。

するりと手の甲がすり合わさって、そのまま手を取られる。

ひょっとして、花嫁の手を取ってくれる母親の代わりなのかも。なんて思っていたら、その手の甲に唇が押し当てられた。

その瞬間。

多幸感が堰を切ったように胸の奥からあふれてきた。

泣きそうになるのをこらえ、私はぎゅっと目をつむる。

ふたたび開けた目には、私とおなじくらい……ひょっとすると私以上に、幸せそうな嶺さんが映っていた。

END

特別書き下ろし番外編

チューリップか、あるいは薔薇の花束を

お帰りなさい。ただいま。

いつもならそう続くはずのやりとりが、今夜はなかった。

冬物のダークグレーのスーツをきっちりと身につけた嶺さんが、今にも鼻先が触れそうな距離で私を甘く見つめる。

「いい匂いがする。知沙、今すぐ味見したい。いいか？」

「嶺さん……」

玄関先でこくりと小さくうなずくと、靴を脱いで廊下に上がった嶺さんが、頭を屈めて顔を寄せてくる。

鼓動がとくとくと忙しなく騒ぎ、私はエプロンの裾をぎゅっと握って目を閉じる。

上下の唇を順に軽く食まれ、頬が熱くなった。

「うまいな。シチューか？」

「……当たりです。今日は一段と冷えこんだので、ビーフシチューにしました」

ちょうど味見をしていたところだったので、シチューの味が嶺さんにも移ったみたい。目を開けると、嶺さんが満足げに私の髪を撫でた。

でも味見と言われると、まるで私自身が食べられるような気がしてしまう。嶺さんはいたって平静なので、そんな想像をする自分が恥ずかしくてたまらない。

だけど、恥ずかしいと訴えるはずの声は発するまもなく、ふたたび嶺さんの唇に飲みこまれる。

ふわ、とかすかに甘い香りが広がったのはそのときだった。

怪訝に思って唇を離す。すると、嶺さんがだしぬけに、その場に片膝をついた。片手が背中に回っている。

「嶺さん？　あの……？」

嶺さんが目元を甘くして、背中に回していた手をすっと私の前に出した。

「受け取ってくれ、知沙」

透明なフィルムで包み薄い水色のリボンで束ねられたのは、両手でも抱え切れなそうなチューリップの花束。赤、白、黄と彩りも鮮やかな花が、私の視界を埋めた。

かすかに鼻をくすぐったのは、この香りだったみたい。

でも……え、え、さっきまでなかったよね？

「あれ、え、突然、どうしたんですか？」

今日は、なんの日だったっけ？

考えるけれど、特になんの変哲もない二月の終わりだったはず。嶺さんの予定にも、特別なものはなかったと思うけれど……。

「俺の気持ちを示しておきたくなった」

上目遣いで花束を差し出される。

両手で受け取ると、ひと足早い春そのものをもらったようで胸が弾む。嶺さんが満面の笑顔になった。

大好きで、愛しい笑顔。

「知沙、愛している――」

なんでもない日に、両手いっぱいの花束とともに愛を告げられるなんて。

なんて幸せで。

夢みたい――……


「――羽澄さん？　どうかしたか？」

はっと顔を上げると、間近に嶺さんの顔。

とっさにこの状況を理解できず、私は怪訝そうな嶺さんを前につかのま硬直した。

ここは家ではなく社長室の応接テーブル。旧姓を呼ばれたのは、結婚を公表したときに職場ではそうしようとふたりで決めたから。

つまり定時後とはいえまだ仕事中で、確認したい事柄があったため嶺さんが出先から戻るのを待っていたのだった。

ということはさっきの花束も蕩けるようなまなざしも、幻で……。

「あ、いえ！　お帰りなさいませ。えっと、株式総会の書類の件でおうかがいしたいことがありまして――」

正気に戻るとただただ恥ずかしい。仕事中というのも恥ずかしさに拍車をかける。ついうつむきがちになった。

心臓はさっきから大騒ぎ中だ。手には冷や汗。

まさか、白昼夢？

それもあんな甘ったるい夢だなんて……！

いたたまれないやら申し訳ないやらで、嶺さんの顔をろくに見ることができない。

だけど花束を手に愛を告げた嶺さんの姿は、私の頭からしばらく離れなかった。

＊

──なにを思って、あれほど頬を染めていた？

先週のことだ。知沙が、俺の確認を必要とする書類があるというので、出先から直帰せずに会社に戻ったが、知沙は俺と目が合うなり青ざめた。

だがその直前、知沙の顔が真っ赤になっていたのを俺はたしかに見た。

それ以来、どうにもその表情が胸に引っかかっている。

「羽澄さんって、なんかいいね」

耳に飛びこんできた名前に、エレベーターホールを通りがかった足が止まった。羽澄といえば、知沙しかいない。

声は、下りエレベーターを待つ男性のもののようだった。小洒落たダークブラウンの細身スーツに、スーツよりワントーン明るい茶色の革靴。ワンレングスの茶髪が縁取る顔立ちは、女受けしそうな甘いマスク。

同年代だろうが、ゲストカードを首から下げているところを見ると、おそらく別の役員の客だろう。とすると、会議を終えて帰るところか。

彼は、俺が誰かということには気付かない様子で、隣の部下らしき男に続ける。

「あの控えめな笑顔がたまんないんだよ。先週の火曜もさー、夕方の会議帰りについ彼女見たさで社長室まで寄っちゃったよ、俺」

「ひょっとして常務、今のプロジェクトが続くあいだ通うおつもりです？」

「はは、いっそうちの会社に来てくれないかな。そうだ、次に会ったら打診してみようか？」

常務と呼ばれた茶スーツの男は、機嫌がよさそうだ。いや、しかし。

彼の指した日付を思い出し、眉間に皺が寄る。その日の夕方といえば、頬を染めていた知沙が、俺の戻りに気付いて青ざめたときではないか。

ということは、知沙はこの男を思い出して顔を赤くしていたのか？

スマホをいじるふりをして聞き耳を立てたばつの悪さも忘れ、俺はふたりに近づいた。

「こんにちは、東堂です。うちの社員が世話になったようで、私からも礼を言わせてください」

唐突に声をかけられてうろたえた部下と反対に、茶スーツの常務とやらはさすがに肝《きも》が据わっている。にこやかに挨拶して名刺を交換した。

「東堂社長でしたか、これはこれは。お宅には優秀な社員が多くて羨ましい限りですよ」

「ええ、彼女は公私ともに私のパートナーですから。あいにく、お渡しするわけにはいきませんが」

「おや……彼女は社長の奥様でしたか。それは失礼、怖い顔をしないでください。ほんの冗談ですよ。では、今後ともどうぞよろしく」

茶スーツの男はばつの悪そうな笑みを最後に、部下とともにエレベーターに乗りこんだ。

エレベーターが閉まるなり、俺はすっと真顔に戻った。

われながら了見が狭い。だがそれ以上は、平然と笑顔を作ることなどできそうになかった。

今、社長室に戻ったら……知沙はまた頬を染めているのだろうか。

＊

頭がくらりと傾き、私ははっとまばたきを繰り返す。いけない、仕事中なのにまた居眠りしそうになっていた。

寝不足なのは……たしかにそうかも。嶺さんとほんとうの夫婦になって、毎夜のように求められているから。

嶺さんの甘い責め苦は、いつも果てがない。力強い腕に抱きしめられて、かすれた声で名前を呼ばれると、たちまちなにも考えられなくなってしまう。

抗うなんてできなくて、ただ艶めいた吐息が漏れるばかりで。

でも、業務に支障が出るなんてもってのほかだ。控えてもらうように言わないと……！

そのとき社長室の扉が開き、私はドキッとして自席から腰を浮かせた。

「あ……社長、お帰りなさいませ。今日はいかがでしたか？」

「悪くない」

嶺さんは私をちらっと見たきり、すたすたと奥の自席に向かう。あれ？

普段は外出先から戻るとほっとした顔をするのに、今日は難しい顔だ。出先でなにかあったのかな。それとも体調が悪い？

留守中の報告をするために嶺さんのあとを追うと、嶺さんは自席ではなく応接ソファにどっかと腰を下ろした。どことなく、いつもの覇気《はき》がない。

やはり疲れているのかもしれない。

「社長、ハーブティーになさいますか？　今、淹れて――」

報告よりもまずは疲れを取るほうが先だとパントリーに向かいかけた私の手を、嶺さんが掴んだ。

「知沙、覚えておいてくれ」

「しゃ……嶺さん？」

ふり向いた私を、嶺さんがまっすぐ見あげる。職場なのに名前で呼ぶなんて、ますます様子がおかしい。

「どうされまし――」

言い終わる前に、嶺さんに抱きすくめられる。突然の出来事に、鼓動が一気に乱れた。

「悪いが、なにがあっても君だけは誰にも渡さない」

「えっ、え！　急にどうされたんですか……？」

嶺さんのたしかな体温に包まれながらも、動揺と混乱と少しの心配が勝ってしまう。なにがあったんだろう。嶺さんは真顔だ。

「いや、これだけは言っておこうと思った」

「そんなの……渡されたら私こそ困ります。嶺さんから離れるつもりなんて、ないのに」

「そうか。ならいい」

嶺さんの顔がふっと甘く綻ぶ。私を抱きしめた手を滑らせ、頬を優しく撫でた。ひんやりとした手のひらの感触に、鼓動が速まる。

嶺さんが手を返して、ふたたび私の頬を撫でる。まるで離れるのが名残惜しいとでも言われているかのよう。

私の頬は今、夕焼けより赤くなっているかも。想像すると気恥ずかしさも手伝って、ますます熱を帯びる。

だけど嶺さんは私を情熱的に見つめて「その顔を見たかった」と笑った。

「先週、俺が出先から戻ったときもその顔をしていた。なにがあったのかと気になっていたんだ」

先週？

そんなことあったっけ……と思い返し、花束を抱えた嶺さんの姿が一気によみがえる。またたくまに頬どころか耳まで熱くなった。

「お気付きだったんですね……ちょっと……いたたまれないです」

「なにがあったんだ？」

「……帰ったらお話しします」

さすがに業務中に言える内容じゃない。私が羞恥で身を縮めると、なぜか嶺さんはますます機嫌がよさそうに肩を揺らした。

湯上がりの髪に、嶺さんがドライヤーをかけてくれる。

骨ばった指が髪に差し入れられるたび、その場所から足の先まで微弱な電流を通されたみたいにぞくりとしてしまう。

思わず吐息を漏らしたら、ソファの隣に座った嶺さんが手を止めた。

「そろそろ聞かせてくれ。ずっと気になってしかたないんだが？」

「ええと、ですね……夢を、見てしまいまして」

私は部屋着の裾をとりとめもなくいじりながら打ち明ける。業務中なのにうとうとしてしまったこと。夢を見たこと。

「夢の中で、嶺さんが……その」

「俺が？」

優しく訊き返されると、ますます体温が上がる。

あの夢には、私自身のよこしまな願望が入っていたのではという疑問があるだけに、なおさら。

「……私に花束をくれたんです。愛……してると言って」

ほとんど消え入りそうな声になってしまった。顔が熱くてしかたがない。

「それが、あの顔の原因だったのか？」

「すみません。仕事中なのに、変な夢を見てしまって……！」

「……」

「あの、嶺さん。なにか言ってください。でないとよけいに恥ずかしいです」

思いきって顔を上げると、嶺さんもなぜか顔を背けていた。その耳元がほんのり赤い。

「いや、……なんだ。俺だったのかと思うとどうもな……」

なんだか気まずそう？

でもドライヤーの音が邪魔して、よく聞き取れない。

「今、なんておっしゃいました？」

「こっちの話だ」

「あの？」

「いいから。しかし知沙が夢の中の俺にされたことで顔を赤らめるのは、モヤるな」

「ええ？　だって……すごく素敵でしたし……」

「それだ。現実の俺よりも先に、夢の俺が君を喜ばせたのが許せない」

「そう言われてもっ」

と、返したときにはやんわりと肩を押され、ソファに背中がついていた。私の上に、嶺さんの影が落ちる。

いつのまにか、ドライヤーの電源も切られたみたい。

にわかに静かになったリビングで、私の心臓の音がやけに大きく耳を打った。

胸がドキドキと早鐘を打つ。

夢の中の嶺さんにもときめいたけれど、やっぱり現実の嶺さんには敵わない。

こんなにも私の胸を騒がせるのは嶺さんだけ。

私に覆い被さった嶺さんが顔を寄せてくる。

目を閉じると、やわらかな感触が唇から伝わった。二度、三度と角度を変えながら深くなっていくキスに、体の力がくたりと抜けていく。

「嶺さ……寝不足にはしないで……」

「わかった。愛してる、知沙」

わかったのかそうでないのか判別できない、欲のにじむかすれた声で嶺さんが言う。

「夢ではチューリップだったんだな?」

「はい……?　かわいらしい花束でした」

「では薔薇《ばら》にする。待っててくれ」

「嶺さん？　ひょっとして夢の中のご自分と張り合ってます……？」

嶺さんが、私を見つめたまま眉を寄せる。意外な一面に気付いたら、くすくすと笑みが漏れた。

「それは言うな」

「だって」

「言うな」

嶺さんの唇が私の言葉を甘く優しく封じる。

言葉を失うほど大きな深紅の薔薇の花束を、嶺さんが肩にかついで帰ってきたのは——その、翌日のこと。

END

あとがき

こんにちは、または初めまして。彼方紗夜です。

このたびは『お久しぶりの旦那様、この契約婚を終わらせましょう』をお手に取ってくださり、ありがとうございます。


今作は、ドキドキの同居ラブを書きたいという欲に端を発して書かせていただいたものですが、いかがだったでしょうか。

不遇の家庭環境で育ちながらも前を向いて頑張る秘書ヒロインと、そんなヒロインに誰からも得られなかった安らぎを感じ、全力で守ろうとする社長ヒーロー。

頑張り屋の女子にはぜひ報われてほしいと思いながら書きましたので、皆様にも楽しんでいただけたら嬉しく思います。


担当様ほか、編集部の皆様。再びのご縁に感謝します。

的確な指摘はどれも勉強になりました。何より、お褒めのコメントにとても励まされました。ありがとうございました。

そして、表紙を描いてくださったうすくち先生。和装の表紙には昔から憧れがありましたが、こんなに素敵なイラストをいただけるとは想像もしませんでした。

少女めいたピュアさと大人の艶っぽさが絶妙に同居した知沙、可愛すぎやしませんか。嶺は落ち着いた包容力を感じさせる男性で、もはや眩しいとしか言いようがありません。ありがとうございました。

そのほか、刊行にあたりご尽力いただいた全ての方に深謝いたします。

そして本作をお手に取ってくださった皆様にも感謝を。お読みくださり、本当にありがとうございました！

それではまたいつか、皆様にお目にかかれますように。

彼方紗夜《かなたさや》

彼方紗夜先生への
ファンレターのあて先

〒104-0031
東京都中央区京橋1-3-1
八重洲口大栄ビル7F
スターツ出版株式会社　書籍編集部　気付

彼方紗夜先生

本書へのご意見をお聞かせください

お買い上げいただき、ありがとうございます。
今後の編集の参考にさせていただきますので、
アンケートにお答えいただければ幸いです。

下記URLまたは二次元コードから
アンケートページへお入りください。
https://www.ozmall.co.jp/enquete/IndexTalkappi.aspx?id=2301

お久しぶりの旦那様、この契約婚を終わらせましょう

2024年9月10日　初版第1刷発行

著　者　彼方紗夜

デザイン　カバー　アフターグロウ
フォーマット　hive & co.,ltd.

校　正　株式会社文字工房燦光

発行所　スターツ出版株式会社
〒104-0031
東京都中央区京橋1-3-1　八重洲口大栄ビル7F
TEL　03-6202-0386（出版マーケティンググループ）
TEL　050-5538-5679（書店様向けご注文専用ダイヤル）
URL　https://starts-pub.jp/

印刷所　大日本印刷株式会社

Printed in Japan

ISBN 978-4-8137-1635-8　C0193

ベリーズ文庫 2024年9月発売

『華麗なるホテル王は溺愛契約で絡め娶る【大富豪シリーズ】』若菜《わかな》モモ・著

学芸員の澪里は古城で開催されている美術展に訪れていた。とあるトラブルに巻き込まれたところをホテル王・聖也に助けられる。ひょんなことからふたりの距離は縮まっていくが、ある時聖也から契約結婚の提案をされて!? ラグジュアリーな出会いから始まる極上ラブストーリー♡ 大富豪シリーズ第一弾！

ISBN 978-4-8137-1631-0／定価781円（本体710円＋税10%）

『凄腕な年下外科医の容赦ない溺愛に双子ママは抗えない【極上スパダリ兄弟シリーズ】』滝井《たきい》みらん・著

秘書として働く薫は独身彼氏ナシ。過去の恋愛のトラウマのせいで、誰にも愛されない人生を送るのだと思っていた頃、外科医・涼と知り合う。優しく包み込んでくれる彼と酔った勢いで一夜を共にしたのをきっかけに、溺愛猛攻が始まって!? 「絶対に離さない」彼の底なしの愛で、やがて薫は双子を妊娠し…。

ISBN 978-4-8137-1632-7／定価792円（本体720円＋税10%）

『執着心強めな警視正はカタブツ政略妻を激愛で逃がさない』伊月《いづき》ジュイ・著

会社員の美都は奥手でカタブツ。おせっかいな母に言われるがまま見合いに行くと、かつての恩人である警視正・哉明の姿が。出世のため妻が欲しいという彼は美都を気に入り、熱烈求婚をスタート!? 結婚にはメリットがあると妻になる決意をした美都だけど、夫婦になったら哉明の溺愛は昂るばかりで!?

ISBN 978-4-8137-1633-4／定価792円（本体720円＋税10%）

『ライバル企業の御曹司が夫に立候補してきます』宝月《ほうづき》なごみ・著

新進気鋭の花屋の社長・苑香は老舗花屋の敏腕社長・統を密かにライバル視していた。ある日の誕生日、年下の恋人に手酷く振られた苑香。もう恋はこりごりだったのに、なぜか統にプロポーズされて!? 宿敵社長の求婚は断固拒否！のはずが…「必ず、君の心を手に入れる」と統の溺愛猛攻は止まらなくて!?

ISBN 978-4-8137-1634-1／定価770円（本体700円＋税10%）

『お久しぶりの旦那様、この契約婚を終わらせましょう』彼方紗夜《かなたさや》・著

知沙は時計会社の社員。3年前とある事情から香港支社長・嶺と書類上の結婚をした。ある日、彼が新社長として帰国！ 周りに契約結婚がばれてはまずいと離婚を申し出るも嶺は拒否。そのとき家探しに困っていた知沙は嶺に言われしばらく彼の家で暮らすことに。離婚するはずが、クールな嶺はなぜか甘さを加速して！

ISBN 978-4-8137-1635-8／定価770円（本体700円＋税10%）

ベリーズ文庫 2024年9月発売

『買われた花嫁は冷徹CEOに息もつけぬほど愛される』冬《とう》野《の》まゆ・著

実音は大企業の社長・海翔の秘書だが、経営悪化の家業を救うためやむなく退職し、望まない政略結婚を進めるも破談に。途方に暮れているとそこに海翔が現れる。「実音の歴史ある家名が欲しい」と言う彼から家業への援助を条件に契約結婚を打診され！　愛なき結婚が始まるが、孤高の男・海翔の瞳は熱を帯び…！

ISBN 978-4-8137-1636-5／定価781円（本体710円＋税10%）

『極上の愛され大逆転【ベリーズ文庫溺愛アンソロジー】』

〈溺愛×スカッと〉をテーマにした極上恋愛アンソロジー！　最低な元カレ、意地悪な同僚、理不尽な家族…、そんな彼らに傷つけられた心を救ってくれたのは極上ハイスペ男子の予想外の溺愛で…!?　紅カオルによる書き下ろし新作に、コンテスト大賞受賞者3名（川奈あさ、本郷アキ、稲羽るか）の作品を収録！

ISBN 978-4-8137-1637-2／定価792円（本体720円＋税10%）

ベリーズ文庫 2024年10月発売予定

Now Printing

『タイトル未定(航空王×ベビー)【大富豪シリーズ】』 葉月《はづき》りゅう・著

空港で清掃員として働く芽衣子は、海外で大企業の御曹司兼パイロットの誠一と出会う。帰国後再会した彼に、契約結婚を持ち掛けられ⁉ 1年で離婚もOKという条件のもと夫婦となるが、溺愛剥き出しの誠一。やがて身ごもった芽衣子はある出来事から身を引くが——誠一の一途な執着愛は昂るばかりで…⁉

ISBN 978-4-8137-1645-7／予価748円（本体680円＋税10%）

Now Printing

『タイトル未定(悪い男×外科医×政略結婚)』 にしのムラサキ・著

院長夫妻の娘の天音は、悪評しかない天才外科医・透吾と見合いをすることに。最低人間と思っていたが、大事な病院の未来を託すには彼しかないと結婚を決意。新婚生活が始まると、健気な天音の姿が透吾の独占欲に火をつけて⁉「愛してやるよ、俺のものになれ」——極上の悪い男の溺愛はひたすら甘く…♡

ISBN 978-4-8137-1646-4／予価748円（本体680円＋税10%）

Now Printing

『タイトル未定(エリート警察官×お見合い婚)』 吉澤《よしざわ》紗《さ》矢《や》・著

警察官僚の娘・彩乃。旅先のパリで困っていたところを蒼士に助けられる。以来、凛々しく誠実な彼は忘れられない人に。3年後、親が勧める見合いに臨むと相手は警視・蒼士だった！ 結婚が決まるも、彼にとっては出世のための手段に過ぎないと切ない気持ちに。ところが蒼士は彩乃を熱く包みこんでゆき…！

ISBN 978-4-8137-1647-1／予価748円（本体680円＋税10%）

Now Printing

『美貌の御曹司は、薄幸の元令嬢を双子の天使ごと愛し抜く』 蓮美《はすみ》ちま・著

幼い頃に両親を亡くした萌。叔父の会社と取引がある大企業の御曹司・晴臣とお見合い結婚し、幸せを感じていた。しかしある時、叔父の不正を発見！ 晴臣に迷惑をかけまいと別れを告げることに。その後双子の妊娠が発覚し、ひとりで産み育てていたが…。3年後、突如現れた晴臣に独占欲全開で愛し包まれ⁉

ISBN 978-4-8137-1648-8／予価748円（本体680円＋税10%）

Now Printing

『お飾り妻のはずが、冷徹社長は離婚する気がないようです』 晴《はる》日《ひ》青《あお》・著

円香は堅実な会社員。抽選に当たり、とあるパーティーに参加するとホテル経営者・藍斗と会う。藍斗は八年前、訳あって別れを告げた元彼だった！ すると望まない縁談を迫られているという彼から見返りありの契約結婚を打診され⁉ 愛なき結婚が始まるも、なぜか藍斗の瞳は熱を帯び…。息もつけぬ復活愛が始まる。

ISBN 978-4-8137-1649-5／予価748円（本体680円＋税10%）

タイトル、価格等は変更になることがございますのでご了承ください。

ベリーズ文庫 2024年10月発売予定

Now Printing

『君と見たあの夏空の彼方へ』麻生《あそう》ミカリ・著

カフェ店員の綾夏は、大企業の若き社長・優高を事故から助けて頭を打つ怪我をする。その日をきっかけに恋へと発展しプロポーズを受けるが…。出会った時の怪我が原因で、記憶障害が起こり始めた綾夏。いつか彼のことも忘れてしまう。優高を傷つけないよう姿を消すことに。そんな綾夏を優高は探し出し──「君が忘れても俺は忘れない。何度でも恋をしよう」

ISBN 978-4-8137-1650-1／予価748円（本体680円＋税10%）

Now Printing

『あなたがお探しの巫女姫、実は私です。』坂野真夢《さかのまむ》・著

メイドのアメリは実は精霊の加護を持つ最弱聖女。ある事情で素性がバレたら殺されてしまうため正体を隠して働いていた。しかしあるとき聖女を探している公王・ルーク専属お世話係に任命されて⁉　しかもルークは冷酷で女嫌と超有名！　戦々恐々としていたのに、予想外に甘く熱いまなざしを注がれて…⁉

ISBN 978-4-8137-1651-8／予価748円（本体680円＋税10%）

タイトル、価格等は変更になることがございますのでご了承ください。